KB247044

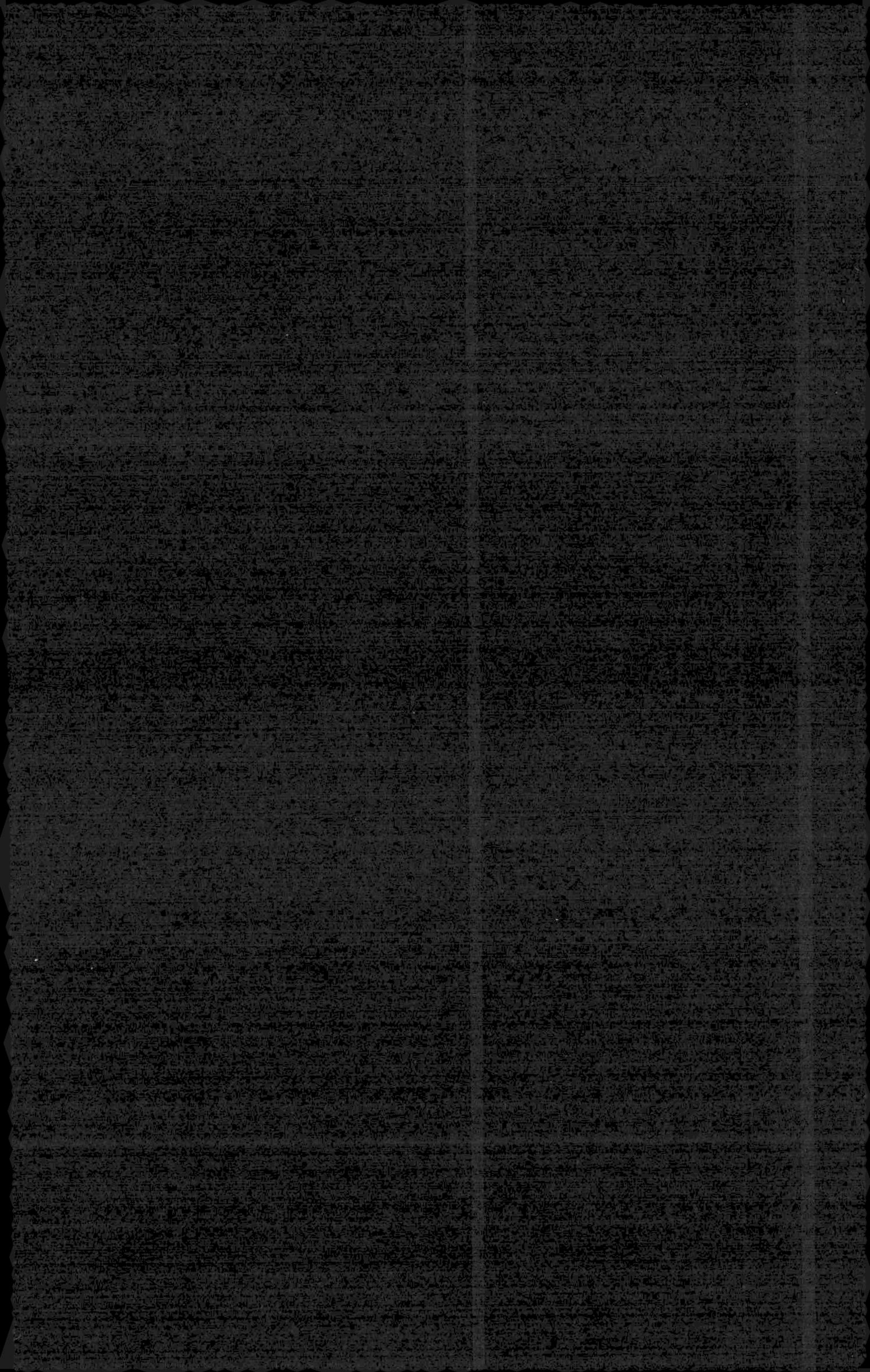

쌍갑포차

- 10 -

옥춘

고구마 맛탕

옥춘

쌍갑포차

115화. 옥춘 (24)

글/그림 배혜수 | 편집/달콤쌉쌀홍삼사탕제공 심영수

규진 씨!
여긴 병원이에요.

저 살았어요?
그럼요.

안아주세요.

규진 씨
잃어버릴까 봐
무서웠어요.

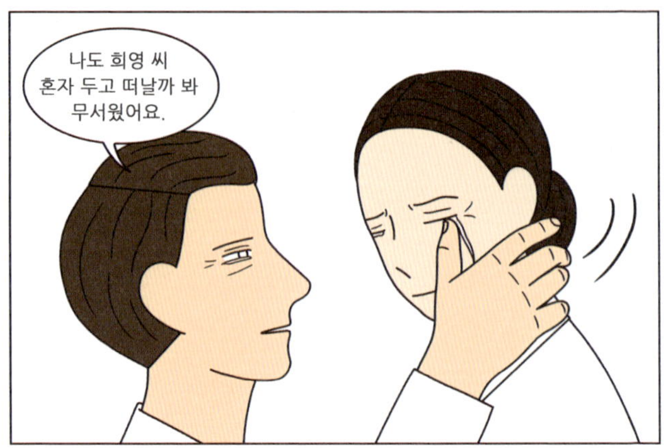
나도 희영 씨
혼자 두고 떠날까 봐
무서웠어요.

아프진
않아요?

아파요.

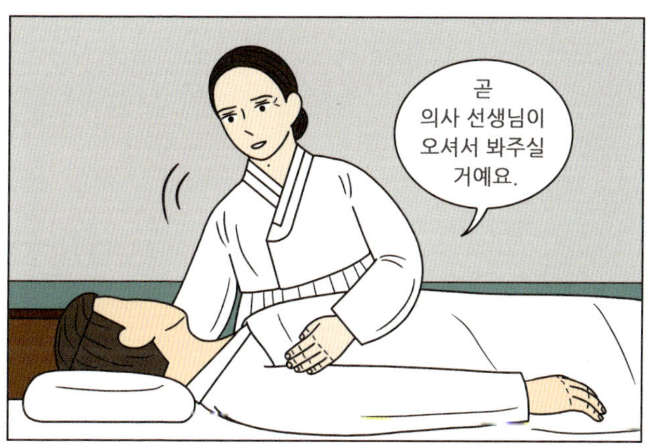
곧
의사 선생님이
오셔서 봐주실
거예요.

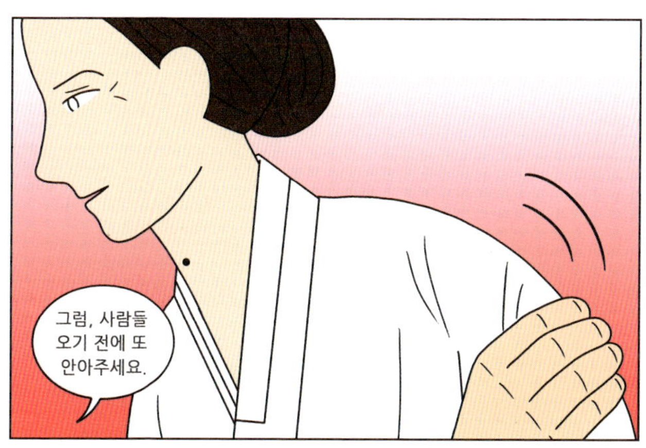
그럼, 사람들
오기 전에 또
안아주세요.

할머니!
할머니!

병원에서 연락
왔는데, 사장님께서
깨셨대요.

벌떡!
뭐?

어서 가자!
네.

아니다.
뭘 좀 가지고 가게
일단 부엌으로
가자!
네.

약도 먹고 했으니
아주머니 오시면
가급적 좋은 얼굴
보여드려요.
올 때가
됐는데....

괜찮아
보여요?
네.
아, 순미야!
여기!

우르르-
어서들
오세요.

아주머니,
어서 오세요.
제가 너무 늦게 깨어나
걱정 많이 하셨죠?

아프지도 않고
괜찮아요. 이제 치료만
잘 받으면 된다고
해요.
우리 도련님은
엄살이 없어 그렇지,
얼마나 아프실까.

도련님한테
다 이야기하셨죠?
마님 아니었으면 정말
큰일 날 뻔했어요.
이 모든 게
다 아주머니
덕이에요.

그런데 뭘 이렇게 많이 가지고 오셨어요?
음식을 먹을 수 있는 환자들 나눠주려고 속에 좋은 찰떡 좀 사 왔어요.
도련님 드실 죽과 마님 드실 주먹밥도 가지고 왔고요.

정말 감사합니다. 잘 먹겠습니다.
마님도 지금 몸이 말이 아닐 텐데 번잡스럽게 너무 오래 있어도 좋지 않다. 두 분만 오붓이 편히 있어야지.

아이고, 내 정신 좀 봐라. 어서 떡 건네주고 집에 가자. 이럴 때 집 오래 비우면 안 된다.
네.
네, 할머니.

너도 집에 같이 가서
저녁 먹자. 내가 아주
맛있는 거 해 주마.
우리 집에
초콜릿 있어.
네.

아, 그럼
식사하고 집으로
바로 가세요. 오늘
수고 많았어요.
네!
내일 봬요,
아주머니.

사장님,
들어가 보겠습니다.
몸조리 잘하세요.
아주머니
잘 모시고 가게.
순미도 잘 가고.
사장님,
몸조리 잘하세요.

나중에
또 병문안 올게요,
도련님.
네, 아주머니.
문단속 잘하시고
주무세요.

문 앞까지만
배웅해드리고
올게요.
네.

아주머니, 저 대신
형제 혼령들 밥상을
부탁드립니다.
아까 낮에 전화로
다 말씀드렸지만, 어제
형 혼령이 저를 깨우지
않았다면 정말 큰일
날 뻔했어요.
그럼요, 그럼요!
제가 다 알아서 할 테니
염려 놓으세요.

규진 씨,
배고프지요?
죽 좀 드실래요?
네, 희영 씨
주먹밥도 같이
먹어요.
탁!

세상에! 아주머니가
이것저것 꼼꼼하게도
챙겨주셨네!

아주머니 음식은
그야말로 보약이에요.
음식에 규진 씨에 대한
정성과 사랑이 가득
들어있어요.

죽에
고소한 냄새가
가득하네!
어서 드세요.
오른손을 쓸 수 있어
얼마나 다행인지
몰라요.

응?
아!

아!
아!

아!
아!

아!
아!

슥-

아?

똑똑

주사 맞을
시간입니다.
네, 네!
드, 들어오세요.

그렇다면
마가렛 지하에 범죄 소굴이
있단 말인가요?

네.
제 눈엔 그렇게
보였어요.
마가렛과
다른 두 건물 아래
하나의 지하 공간이
있었습니다.

그렇다면
새벽에 낯선 사내들이
보인 이유와 제가 피습을
당한 이유가 설명
되겠군요.
그리고 이 사건에
방 마담이 관련되어
있을 확률이 크고요.
그렇지 않고서야....

그 건물은
언제 지어졌나요?
태평양 전쟁 전에
지어진 건물로 알고
있어요.

규진 씨도
그 건물의 비밀을
전혀 모르셨죠?
네.
아버지께서 해방 후
몇 년 지나,

친한 지인을 통해
그 건물을 매입하신 거로
전해 들었습니다.

일전에도
이야기했지만
아버지와 거리를 두고
살았기 때문에,
당신 돌아가시고
그 건물에 처음 가봤는데
그런 비밀 지하 공간 같은
곳은 없었습니다.

물론 주방에서
한층 계단을 내려가면
문이 없는 흔한 작은 지하
공간이 나오는데,
거긴 누구나
드나드는 식자재를
쌓아두는 곳입니다.

제 말을 믿고 형사님이 빨리 그리고 은밀하게 움직여 준다면,
지하에 몸을 숨기고 있는 범죄조직 소탕이 되레 쉬울 수 있을 거예요.

자신들은 사람들 발아래서 완벽하게 몸을 숨기고 있다고 생각할 테니 말이죠.

이번에 놓치면 안 될 텐데....

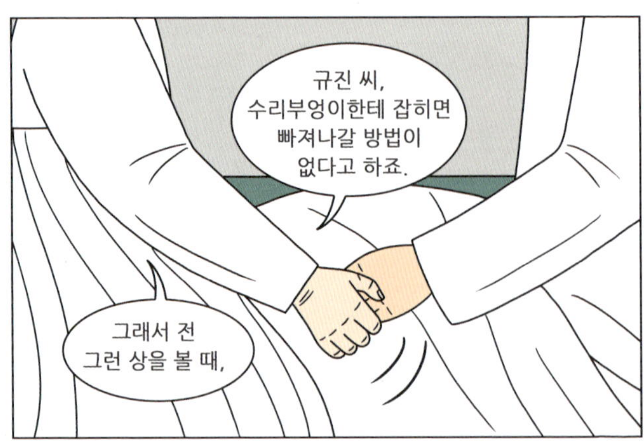
규진 씨,
수리부엉이한테 잡히면
빠져나갈 방법이
없다고 하죠.
그래서 전
그런 상을 볼 때,

"당신 성미는 수리부엉이가
먹이를 쥐는 것 같아 한번 작정을
하면 놓지 않는다."

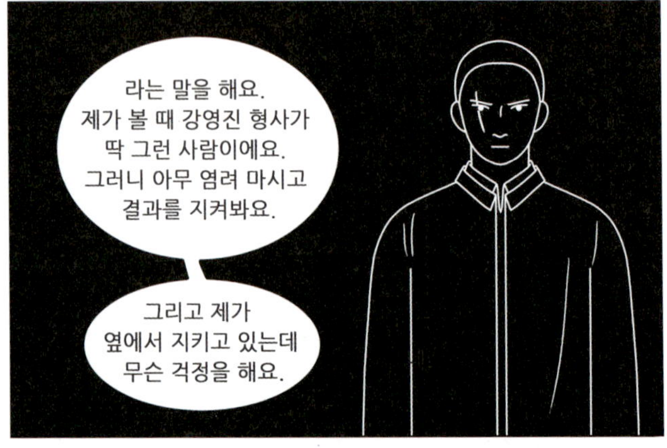
라는 말을 해요.
제가 볼 때 강영진 형사가
딱 그런 사람이에요.
그러니 아무 염려 마시고
결과를 지켜봐요.
그리고 제가
옆에서 지키고 있는데
무슨 걱정을 해요.

자, 이제
누워서 한숨 푹
주무세요.

원래대로라면
지금쯤 온천에
있을 텐데....
온천이야
언제라도 가면
되지요.

새벽에
간이침대에서
잤어요?
그럴 정신이
어딨어요.

규진 씨 보살피고,
조카에게 상황 설명하고,
통금 풀리고 조카가 집에 가서
옷이며 신이며 이것저것
가져다줘서 대충 씻고 갈아입고
하다 보니 해가 하늘에
떠버린걸요.

미안해요.
무슨 그런 소리를!
전 이렇게 규진 씨가
살아있는 것만 해도
너무나 감사해요.

오늘은
간이침대에서
잘 거예요?
아무래도
그래야겠죠?

여기 같이
누워서 자요.
팡! 팡!
아이코,
한 사람 눕는 침대에
그것도 아픈 환자하고요?
간호원이 보면 철없다고
흉보고 야단쳐요.

아니,
내가 옆으로 비켜
누우면....
규진 씨!
아픈 몸이 회복하면
그때 따듯한 온돌방에
원앙금침 깔아서
함께 누워봐요.

희영 씨가
옆에 있으니 잠이 올 것
같지 않아요.
약기운 때문에
곧장 잘 수 있어요. 환자는
잘 쉬고 잘 자야 해요.
토닥토닥~

그래도
잠이 올 것 같지
않아요.
내일 사람들
많이 올 테니 지금
푹 쉬어야 해요.

토닥토닥-

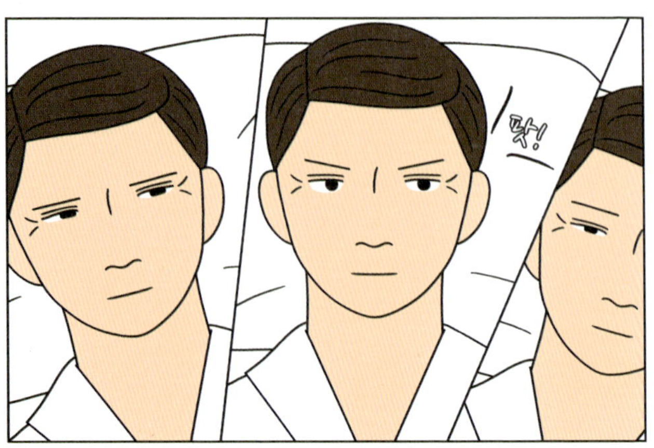
팟!

토닥토닥-
어서
눈 감고....

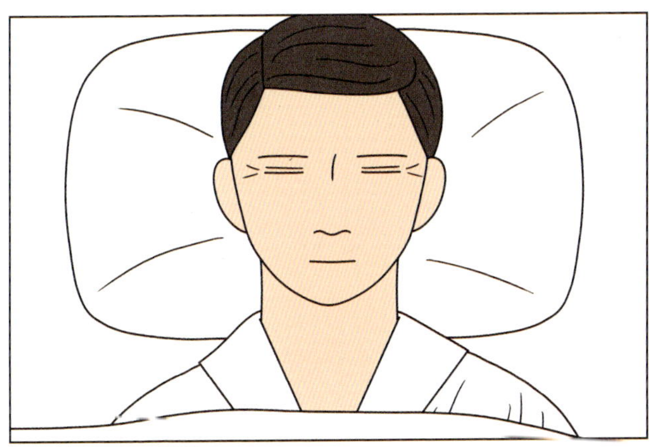

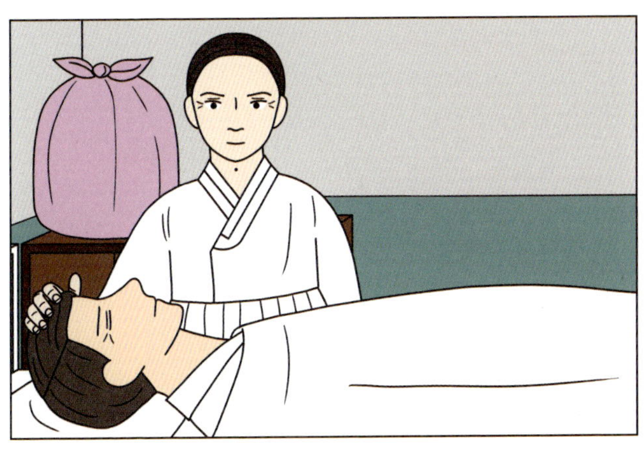

그나저나
오늘같이 달도 숨은 날에
밤의 저승사자, 수리부엉이가
반드시 사냥에 성공해야
할 텐데....

곰은 결코 미련하지 않다. 각자 맡은 팀 지휘 잘하고 마지막까지 긴장해라.
네.
네.
네.
네.

나는 기습 작전에 단 한 번도 실패한 적이 없다.

가자, 곰 사냥하러.

- 다음 화에 계속....

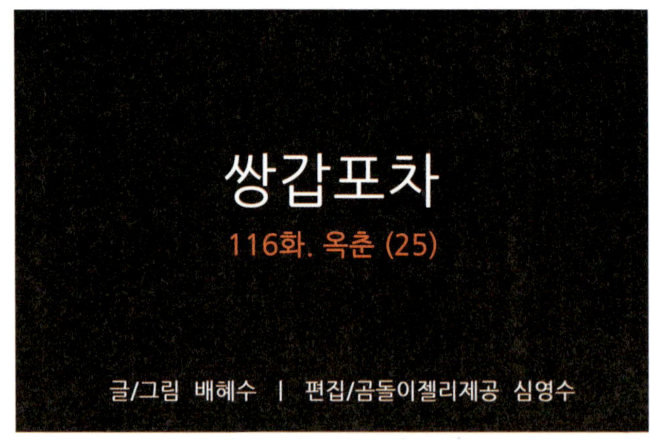
쌍갑포차
116화. 옥춘 (25)
글/그림 배혜수 | 편집/곰돌이젤리제공 심영수

아-ㅂ-아-.

내 귀여운
라이벌!

*암죽 : 곡식이나 밤의 가루로 묽게 쑨 죽으로 모유 대신 먹거나 초기 이유식으로 쓰임.

아이, 석철아!
할아버지 아프셔.
은눼에-에-!
(어머니! 놓으십시오!)

오른팔로
안아 줄 수 있어요.
아니에요.
얘가 오늘따라
왜 이렇게....
우에-엥에-에-!
(저도 이제 쑥쑥 다 커서 친구랑
놀 수 있단 말입니다!)

에-에-ㅂ-우-!
(하... 세상살이가
퍽 힘이 드는구먼.)
아기들은
저들 기운하고 비슷하면
친구인 줄 알고 이렇게
좋아하지.

저기 뜰에
계세요.
안내해주셔서
감사합니다.
응?

옥희야,
이제 가보렴.
손님이 오신 것
같다.
네, 고모.
쵸쵸쵸!

석철아!
나중에 또 보자!
그땐 할아버지가
안아줄게!
필요한 거 있으면
언제든 알려주세요.
제가 준비해서 가지고
올게요.
그래, 옥희야.

그럼 수오 조카는
퇴근 후에 오는 거로
알고 있겠습니다.
네.

이제
저희 가볼게요,
고모부.
네,
조심해서
들어가세요.

안녕하십니까.
강영진 형사님, 어서 오세요.

처음 뵙겠습니다. 윤규진입니다.
경남 경찰국 강영진 형사입니다.

몸은 어떻습니까.
큰 사고가 아니라 그런지 회복이 빨리 되고 있습니다.

앉으세요.
네.

형사님, 상황은 어떻게 진행되고 있습니까?
좋은 소식입니다.

오늘 새벽 1시 즈음에 모두 검거했습니다.

네? 정말요?
자세히 좀 설명해주세요.

윤 사장님은 마가렛 지하에 비밀 공간이 있었다는 것을 모르셨죠?
네.

마가렛 건물과 그 뒤 동일상회가 있는 건물, 그 옆 오아시스가 있는 건물,

마가렛
오아시스
동일상회
그러니까 세 개의 건물 아래 하나의 지하 공간이 있었습니다.

마가렛에서 지하로 들어가는 문은 마담 방나희의 개인 사무실 수납장 뒤에 있었습니다.

그곳은 마담의 사적인 공간이라 처음 건물에 갔을 때 문밖에서 한번 들여다본 것이 다입니다.
업무 이야기를 할 때도 일반 룸에서 했으니까요.

그리고 또 다른 문은 동일상회가 있는 건물 일 층 구석에 위치한 작은 약재 창고 정리대 뒤에 있었습니다.
수사 결과, 건물주가 한 약재 사업가에게 임대한 곳이라 했습니다.

마지막 문은 그 옆 건물에 있는 오아시스라는 내부 공사 중인 카페 안의 룸에서 지하로 연결되어 있었습니다.
이 건물주는 지방에 거주해 아직 만나지 못했는데 복덕방에 따르면,

최근 새로운 사업가가 카페 계약을 하고 내부 공사를 시작했다 합니다.

약방
동일상회
오아시스
이 두 건의 계약을
한 사람이 바로 불곰이라는
자였습니다.

불곰은 온갖 변장을 하고
아주 중요한 일에 움직였으며,
그 외에는 노출을 극도로
최소화했다 합니다.

사실
가장 먼저 지하 공간의
비밀을 알게 된 사람은
이번에 불곰에게 살해된
최 사장이었죠.
올해 6월,
아편굴에서 만난 한 노인을
통해서입니다.

모두 나를 미치광이라고 하는데, 아니야. 나는 미치지 않았거든.
내가 최 사장 자네한테만 말하는데....

... 아직 거기엔 금괴가 있어.

거기 진짜 지하 공간이 있다고. 애초에 작정하고 만든 건물들이지.
물건을 분산해서 넣었다 뺄 수 있고 도주하기 편한 감쪽같은 비밀 통로가 세 군데나 있어. 그래서 우리는 그곳을,

머리 셋 달린
뱀 소굴이라 불렀어.

그 뱀 소굴은
만주에서 태평양으로
밀수 금괴를 실어나르는
어둠의 중간 기지로도
쓰였는데,
그 일 때문에
조직이 탄로 날 위기가
생기자 내부에서 큰
싸움이 나버렸지.

아휴, 말마라.
거기서 사람들이
많이 죽었어.
그 우두머리가
정말 상상도 못 하게
흉악한 자였거든. 총질도
무척 잘했어요.

그 많은 시신들을
처리할 방법은 없고
비밀 공간은 탄로가
날 것 같고....
그래서
그 흉악한 우두머리가
며칠에 걸쳐 입구를 완벽히
막아버리고 건물들을 판 뒤,
잠적해 버렸어.

그리고 시간이 흘러
해방이 되고 전쟁이 터지고
정신없는 세월이 흘렀지.

그런데....

그 우두머리가
나인가 봐.

분명히 지하에 묻어놓은
녀석들이 왜 자꾸 형님, 형님 하며
따라다니는지 모르겠어.
그래서 나는 이 아편이 없으면
절대로 안 돼.

최 사장은
그 노인의 말이 대번에
사실이라고 생각하고,
많은 양의 아편과
건물들에 대한 비밀 지도를
맞교환했습니다.

즉,
본능적으로
악당이 악당을
알아본 거죠.

비밀 지도를 얻은
최 사장은 마가렛의
방 마담에게 접근,
벽을 뚫어내고
실제로 그 공간을
확인하게 됩니다.

정말 백골들이
많군요!
이것 봐....
백골만 있는 게 아니야.
밑 자금으로 충분할 정도로
금괴도 몇 개 있어.

시내 한복판에
최고의 요새를 발견한
최 사장은,
본격적으로
밀수왕을 꿈꾸며 사람을
구하기 위해 대마도로 건너가
불곰을 소개받게 됩니다.

불곰은
소련, 북경, 만주 지역에
살던 자로 해방과 동시에
남하해 대마도에 거주했는데
이때 최 사장을 만나
부산으로 왔습니다.
충성을
다하겠습니다.

그런데
김희영 씨도 보셔서
아시겠지만 불곰은
호락호락한 자가
아니죠.
여기서
최 사장의 계획은
틀어진 겁니다.

최 사장님의 죄는
큰돈에 눈이 멀어
고작 뒷산 여우 주제에
감히 이 불곰을 수하로
둘 수 있겠다, 착각한
것이죠.

국내 세력이 없던 불곰은
백상아리와 방나희를 매수하고
최 사장과 핵심 인물들을 제거,
조직을 새로 만들어냅니다.

남포관
국내에 얼굴이
알려지지 않았던 불곰은
매번 변신하며 공사중인
오아시스 카페를 통해
공사장 인부처럼
다니거나,

국제 사진관
아니면 아주 번듯하고 성실한 사업가로 약재상을 통해 용의주도하게 뱀 소굴을 다녔습니다.
감이 조금이라도 좋지 않으면 아예 움직이지 않을 정도였으니,

우리가 비밀 지하 공간을 기습하지 않았다면 잡기 힘든 인물이 바로 이 불곰이란 자죠.

지금 불곰은 모든 진술을 거부하고 있는데,
다행히 이 모든 증언과 주요 증거물들은 방나희 진술에 의해 밝혀졌고, 계속 밝히고 있는 중입니다.

우리 거래를 하자.

당신이 제대로 증언하면
당신 아래 있던 아이들은
모두 풀어주지.

하지만,
당신이 끝까지 입을 닫으면
잔심부름이나 하고 이제 겨우
껌 씹는 법이나 배우던 아이들까지
모조리 법을 집행해 감방에
넣을 테니 잘 생각해.

당신은 살인을
밥 먹듯이 하는 흉악범들을
지키기 위해,
전쟁통에 가족 잃고
가난에 못 이겨 어둠의 길에 빠진
녀석들을 형무소에 넣을 만큼
잔악하진 않잖아.

*형무소 : 교도소의 전 용어.

당신도 장녀로서
포항에 있는 일곱 동생들
결혼비, 생활비, 학비 마련하려다
이 길로 들어섰으니.
안 그래?

내 동생들 건들지 마.
그땐 널
죽여버릴 거니까.

동생들은 언니, 누나가
부산에서 미용실 운영하며
성실하게 살고 있다 믿고
그에 대한 보답으로 더 열심히
생활하고 있다던데,

그런 가짜
믿음은 오래가지 않지.
그리고 그 믿음이 깨졌을 때
동생들은 어떻게 될까.

동생들 영혼은
회복하기 어려울 정도로
파괴된다.
그걸
막을 수 있는 자는
오직 당신밖에 없어.
잘 생각해 봐.

가난에 악이 받쳐
악당이 되는 것과
진짜 피비린내를 즐기는
악당은 다르다.

갱생의 기회가 아직
있을 때 금쪽같은 동생들
생각해서라도 어둠에서 당장
빠져나오도록 해.

아마 형이 선고되면
불곰과 백상아리는 사형을
면하기 어려울 것이고…
밀수와 살인에
직접 가담하지 않았던
방나희는,

*50년대 유사 사건들 판결을 참고해서 재구성함.

이번에
불곰의 정체를
최초로 제보한 분이
윤종상 씨고,
피습 당일
백상아리의 신발을
제보한 분이 상이군인
박동아 씨입니다.

이 고마움을
어떻게 보답해야
할지...
종상이한테
신세를 많이
지는구나.

즉, 본 사건은
불곰의 문신을 알아본
윤종상 씨의 눈썰미에서
시작해,
신발을 가져다준
상이군인에 의해 저희가
쫓는 금괴, 아편 밀수 사건과
부민동 총기 강도 사건이
연결되고,

불곰을 제대로
알아보고 뱀 소굴을 정확히
짚어낸...
놀라운 김희영 씨의
예측에 의해 끝을 내린
사건이라 할 수 있죠.

강 형사님께도
정말 감사드립니다.
형사님의 지혜와 용기가
큰 빛을 발했습니다.
뭘요,
제 직업인걸요.

그런데
정말 이상한 것은
피습이 있던 날, 백상아리의
실수입니다.

방나희 진술에 의하면
백상아리는 그날 헛것을
보는 바람에 실수를
했다, 하는데...
사실
수사관 입장에서는
그날 백상아리의 실수는
소설이나 만화 속에서나
있을법한 일이죠.

그렇다면...
혹시!

아... 그렇구나.
정신이 없어 그걸
생각 못 했다.
용맹한
백두산 범의 기운이
가득했던 형 혼령이
규진 씨를 살렸구나.

정말 신이 보호해줬다,
할 만큼 천만다행인 일입니다.
윤 사장님은 천운을 타고
나셨습니다.

그럼 전 이만
가보겠습니다.
또 일이 있으면 언제든
연락해주십시오.

네, 형사님도
언제든 연락해주시면
수사에 적극
협조하겠습니다.

아무래도 형 혼령이
규진 씨를 살린 것 같아요.

이 은혜를
어떻게 갚아야
할지....
제가 잠시 집에
다녀올게요.

- 다음 화에 계속....

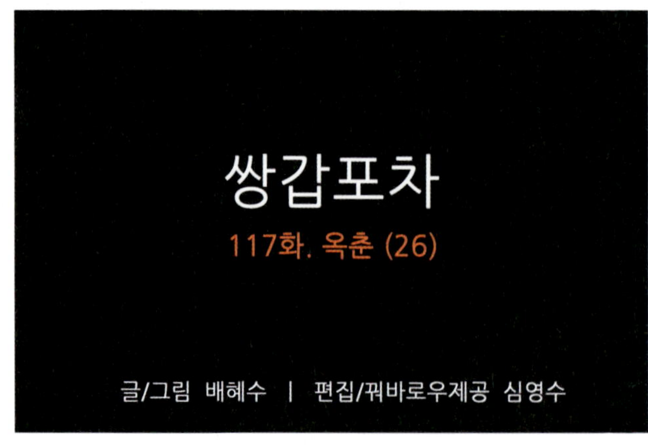
쌍갑포차
117화. 옥춘 (26)
글/그림 배혜수 | 편집/꿔바로우제공 심영수

끼이익-

아... 무사히
잘 떠났구나.
동생이랑 사는 집

어린 혼령이
많이 무서웠을 텐데,
용감하게도 규진 씨를
지켜줬어.

이 은혜를
어떻게 갚아야 할지.
고맙다는 인사도
못했는데....

좋은 집안에
좋은 부모 밑에
귀한 자식들로
태어나,

배도 곯지 않고
옷도 헐벗지 않고
이번 생에 못다 이룬
창창한 꿈 키우며,

만복을 누리길
기원합니다.

어이쿠야!
응?

휙!

뭔가 있는 것 같았는데... 내가 너무 예민했구나.

어서 가자.
규진 씨 기다리겠어.

어휴, 큰일 날뻔했다.
저런 큰 무당들은 나도
가끔 무섭더라. 어찌나
감들이 좋은지....

그나저나
타고나길 몸이 아주
건강하구나.

민경 씨,
그간 도와줘서
고마웠어요.

사장님도 일어나시고
범인들도 잡혔으니
제가 혼자 간호를 할 수
있을 것 같아요.
네, 아주머니.

그간 고마웠습니다.
순미 씨 집에 있을 때
자주 놀러 오세요.
네, 사장님!
건강하세요.
탁!

집 없이
빈 창고에서
지낸다고요?
네.
함경도에서 내려온
피란민인데 거처가
좋지 않아요.

부평동 캬라멜 만드는
가내 수공업장을 다녔는데
그곳이 불이 나서 지금은
일자리를 구하고 있는
중이래요.

*캐러멜.

곧 겨울이 오니
빨리 집과 일자리를
마련해야 할 텐데. 한번
알아봐야겠군요.
성실하고 글도 알고
무엇보다 사람들하고
모나지 않게 잘 지내는
성격이라고 해요.

그나저나
형제 혼령들이
떠났다고요?
네.

내 목숨을 살려준
은인인데 은혜를 갚을
길이 없군요.
글쎄 말이에요.
더 잘해주지 못해
아쉽고 미안한 마음만
가득해요.

사람 목숨 하나
살리는데 이렇게 크고 작은
신세를 지니 많이 베풀고
살아야 할 것 같아요.
말도 어쩜 저렇게
이쁘게 할까.

똑똑똑-
네,
들어오세요.

실례합니다.

?
!
늠름!

아, 진짜
언니 신랑이구나.
소식 들었구나.
어서 와라,
개마고원아.

점바치 골목에서
같이 일하는 동생입니다.
개마고원 부근 풍산에서 살다
사변 때 월남했어요.
안녕하세요.
개마고원 아기 동자,
최은지입니다.

안녕하세요.
김희영 씨 약혼자
윤규진입니다.
너무 큰일
겪으셨습니다. 몸은
좀 어떠세요.

다행히
회복이 아주
빠릅니다.
네, 다행입니다.
울 동자님이 무척 귀엽다,
아니, 이젠 좋은 일만
가득하다 하니 맘을
편히 하세요.
감사합니다.

아! 언니,
이거....
얘도!
그냥 와도
되는데!
저기, 그럼
이제 가볼게요.

과일 드시며
앉았다 가시지 왜
벌써....
아휴,
지나는 길에 인사만
드리러 온 걸요!

언니,
잠깐만....
응?

잠깐
이야기 좀 하고
올게요.
천천히
이야기하고 오세요.
쉬고 있을게요.

몸조리
잘하세요.
네, 감사합니다.
안녕히 가세요.

점바치 골목을
떠난다고? 어디로
간다는 말이니?

영감이랑 속초로 가기로 했어.
암만 생각해봐도 금방 고향으로 못 갈 것 같고....

* 지금의 속초 아바이마을.

그래서 이북이랑 가까운 곳에 살다 철조망 없어지면 어서어서 짐 싸서 고향으로 넘어가려고.
그간 고향 생각이 오죽이나 났을까....

그래, 마음먹었으면 가야지.
또 심술부려 이웃들하고 척지지 말고 성실히 살아.
응, 언니.

*보통 나이나 병이 들어 기력이 쇠하면 은퇴를 하는데
그 외에도 특별한 개인 사정에 따라 은퇴하기도 한다고 함.

부산 올 때부터
마음에 바람이 일더니
그게 이젠 진짜 그만하자는
신호였던 거 같아.

언니 정말 많이
지쳐있었구나.

난 무당이 아니야.
집에 보내 줘.

*109화 참고.

그분은
잘 가셨어요?
탁!
네.

참, 금방 의료진이
다녀갔어요.
뭐라고
하셔요?

제가 회복이 아주 빠르다고 해요.
큰 사고가 아니라고 해도 그래도 총상인데 예상보다 상처가 빨리 아물고 있다고 신기해하며,

약사보살님이 쓱 다녀가셨나 보다, 하고 농담을 하셨어요.
정말 다행이에요.

그나저나 상이군인도 윤종상 씨도 만나봐야 할 텐데....

종상이는
지금 일 중이니까
시간 되는 대로 연락해서
만나면 되고,

군인 아저씨는
강 기사에게 연락해서
데려오라 할까요?
네, 그러세요.

할머니!
아,
자네 왔는가.

병원으로 가기 전에
이리로 먼저 데려오라고
내가 강 기사에게
부탁했네.
네.

아무래도 병원이니까
다른 환자들 생각해서
깨끗하게 가는 게
좋을 거 같아서.
아까 전화로
상이군인이 구직 중이라
말했으니 도련님이 무슨 말을
건넬지 모른다. 낡은 옷이라도
단정히 입혀 보내야지.

물 데워놨으니
깨끗이 씻고 내가 준비해
놓은 옷을 입게.
사장님이 입던 옷인데,
국제시장에 나와 있는
구제 옷보다 백배는 좋아.
구두도 하나 내어 줄 테니
맞는지 신어보고.

사장님이 뭘
사는 것에 관심이 없는데
최근엔 이것저것 사셔서
내놓은 것들이 꽤
있다네.
네, 정말
감사합니다.

똑똑똑!
들어오세요.
아, 안녕하세요.

어서 오세요.
아주머니께서
내 옷을 주셨구나
옷이 딱 잘 맞아
다행이다.

이쪽은 제 약혼자
김희영 씨고,

저는
윤규진입니다.
저, 저는
박동아입니다.

이번에 정말
큰일을 해주셔서 제가
뭐라 감사를 드려야 할지
모르겠습니다.
아닙니다.
당연히 할 일을 했을
뿐입니다.

그리고
할머니에게 받은
은혜에 비하면
아무것도 아니죠.
갈고리 신세보다
더 서러운 것이
배곯는 것이니까요.

아까 아주머니께서
박동아 씨는 일자리를
구하고 있다고 말씀하시던데
맞으시죠?
네, 네.

제가 시내에서
사업을 하다 보니 혹시
도움을 드릴 수 있을까
여쭙는데,
남들에게 자신 있게
이야기할 만큼 잘하시는
것이 있으세요?

듬뿍!
누가 물으면
일을 배워서라도 할 테니
그림 그리는 일은 뭐든
시켜달라고 적극적으로
이야기하세요.
당당해야
기회가 옵니다.

동아 씨는 손 때문에
너무 주눅 들어 있는데 그럴
필요가 전혀 없어요.
지금 모습이
인생의 전부가
아니잖아요.

그림을 좀... 아니,
누구에게도 지지 않게
아주 아주 잘 그립니다.
그림은 하, 한 손으로
그리는 것이니 일하는데
문제없어요.

그림, 그림....

*영화 산업의 부흥과 함께 영화 간판이 최고의 영화 홍보 수단이던 60~80년대 시절엔 간판 화가가 수입 좋은 인기직업 중의 하나였다 함.

좋은 결과
있길 바랄게요.
네.
최선을 다해
보겠습니다.

아주머니에게
박동아 씨 취업 준비하는
동안 먹을 음식 거리 좀
전해달라 해주세요.
제 옷과 신발도 좀 더
건네주고.
네. 제가 전화할게요.
참 진솔한 청년 같던데
앞으로 잘 될 겁니다.

그나저나
해 떨어지면 조카가
올 건데....
만나면 우리
혼례 이야기를 하겠죠?
아들뻘 조카인데 장인어른
만나는 것 같이 괜히
떨려요.

우리 수오는
저랑 성격이 판박이고
제 식구밖에 모르는
아이에요.
딱 늑대 같은
아이죠.
네?

늑, 늑대?
하하하!
그러니 우리
긴장해요.
제 부인 말고는
세상에 무서운 게 없는
아이예요. 고모인 나도
안 무서워하는걸요?
예? 천하의
희영 씨까지?

- 다음 화에 계속....

쌍갑포차

118화. 옥춘 (27)

글/그림 배혜수 | 편집/김가루솔솔떡국제공 심영수

고모부 될 윤규진입니다.
고모부 될 윤규진입니다.
고모부 될 윤규진입니다.
수오 왔구나! 어서 고모부한테 인사하거라.
네, 고모.

안녕하세요. 조카 김수오입니다.
네, 안녕하세요. 이모부, 고모부, 음… 그러니까 저는 고모부 될 윤규진입니다.

…망했군.
큭.

네, 고모부.
몸은 좀 어떠세요.
조카 덕분에
목숨 건져 이렇게 건강히
회복하고 있습니다.

정말 다행입니다.
그리고 고모부! 말씀
편히 놓으세요.
그, 그럴까?
하.하.하.

수오야, 고모부가
가까운 곳은 잠깐 외출이
가능하니까 근처 식당에
저녁 먹으러 가자.
네.

너무
긴장하지 말아요.
몸에 해로워요
네.

부민 돼지 국밥
여기
돼지국밥 세 그릇
주세요!
밥 뜸 들이고 있으니
조금만 기다려 주세요,
손님!

원앞주점
사고가 크게 나지 않아 얼마나 다행인지 모릅니다.
다 조카 덕이지. 정말 고마웠네.

참, 수오야! 범인들이 모두 검거되었단다.
네?

건물 지하에 숨어있었는데 많은 사람들의 도움으로, 특히 고모의 능력으로 빨리 검거했다네.
범인들을 잡았다니 정말 다행입니다.

원앞주점
....
....
....

어색-
어색-

원앞주점
본론을 이야기해야 이 어색함이 깨질 것 같은데... 내가 먼저 말을 꺼낼까?
뭐라고 말을 꺼내지?

저기... 결혼식은
언제 올리기로 하셨는지
여쭤봐도 될까요?

조카에게
온천에서 물 떠놓고
식 올리기로 한 건 이야기
하지 말아야겠지.

갑작스레
사건이 터져 구체적인
계획을 세우지 못하고
있다가,

너 오기 전에
둘이서 이야기를
잠깐 했는데
우선 빨리 살림을
합치려 한다네.

수오는 희영 씨에게
세상에 둘도 없는 귀한
조카이니 이 자리에서 솔직하게
이야기하는데,

퇴원하면
혼인신고하고 먼저
살림을 합치기로
했다네.
식은
준비되는 대로
올리고.

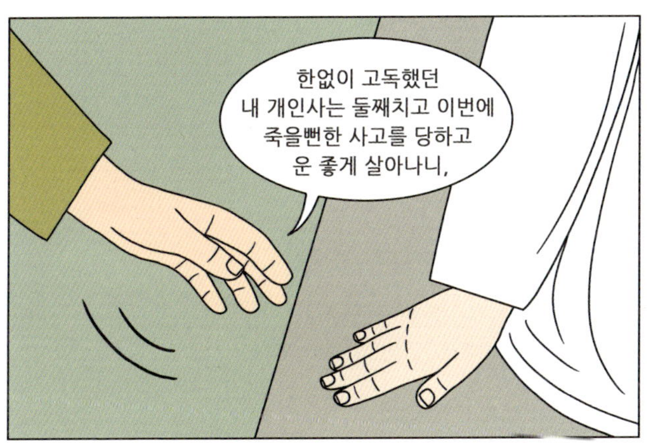
한없이 고독했던
내 개인사는 둘째치고 이번에
죽을뻔한 사고를 당하고
운 좋게 살아나니,

절차와 내외를
일일이 따져가며 혼례 전까지
자네 고모와 떨어져 지낸다는
것은 상상도 못 하겠어.

자네는
내 상황과 비교조차
할 수 없는 전쟁터를
다녀왔으니 내 심정을
이해할 걸세.

지옥 같은 전쟁통에서
버틸 수 있었던 것은 오직
고향에서 나를 기다리고
있는 옥희 때문이었어.

*'생굴'편 23화.

주점
저도 전쟁터에서
기적적으로 살아남아
무슨 말씀을 하시는지
알 것 같습니다.
죽음에 한번 가까이
다가섰다 살아나니....

하늘이 무너져도
나는 너밖에 없어.
아들을 낳든 딸을 낳든
옥희 자식은 내 자식이야.
내가 반드시 지킬 거야.

어떤 결정을 할 때
잡생각이 없어지고
소중한 것이 무엇인지
사람 간의 도리가
무엇인지,
그걸 어떻게
지켜야 하는지…
단순하고 또렷하게
보였어요.

더구나 고모는
제 부모님과 마찬가지예요.
고모만 행복할 수 있다면
뭐든 찬성하고 응원할
겁니다.

고마워, 조카.
우리 가까이 살면서
자주 왕래하세.
돼지국밥
나왔습니다.
네, 고모부.

수오야,
배고프지?
네.
자,
먹으면서 천천히
이야기 나누세.

부시럭-
부시럭-

응?

희영 씨
뭐 하세요?

아무래도
규진 씨 곁에 있으니
안 좋은 일이 많은
것 같아요.
네?

벌떡!
떠나야 할 것
같습니다.

아니, 희영 씨!
잠깐만요!

제가 잘할게요.
떠나지 마세요.
이거 놓으세요.
전 한번 마음을 정하면
바꾸지 않습니다.

희영 씨, 제발
저를 혼자 두고 가지
말아요.

제발....

그럼
전 이만.
휙!

안 돼.

희영 씨!

희영 씨!
신혼꿈

돌아와요!

까딱!
으어어...어....
까딱!

헉!

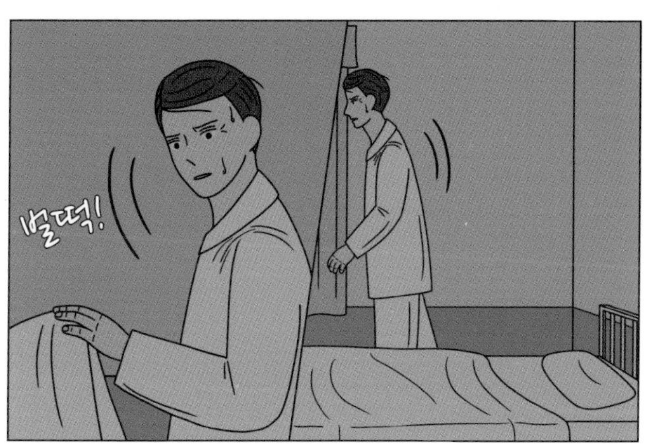
벌떡!

털썩!

벌떡!
으응?
규진 씨?
왜요, 왜요!
무슨 일 있어요?

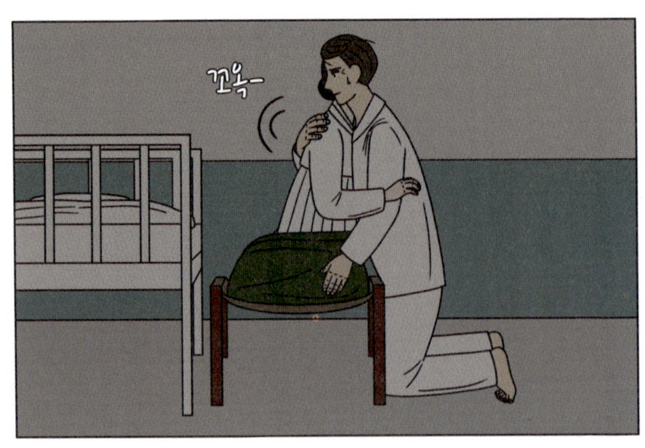
꼬옥-

희영 씨가 내 곁에 있으면 좋지 않은 일이 생긴다고 나를 두고 어디로 가버리잖아요! 그래서 따라가려 했는데 다리는 안 움직이고!

아이코! 젊은 친구들이나 그런 꿈을 꾸는 줄 알았는데....
각시 될 사람이 너무 좋아서 반대로 꾼 꿈이니 곱씹지 말고 잊어버리세요.

과거의 나쁜 기억들도 무심히 바라보며 잊어버리세요.
이제 힘든 일은 함께 헤쳐나갈 거니 염려 없어요.

난 아까 수오랑 먹은 국밥이 잘못되었나 깜짝 놀랐네!
미안해요. 너무 놀라서....

쓰담-
쓰담-

이젠
놀란 마음이 진정
되었죠?
네.

아무
걱정하지 말아요.
꼬옥-

원래
이 이야기는 온천 가서
하려 했는데....

난 태어나자마자
딸이라는 이유로
무당집에 돈과 쌀과 함께
팔렸더랬어요.
뭐라고요?

그러다
다 커서 집 근처로 와
무려 이십 년 가까이
가족들과 남처럼
지내다,
올 초 어머니
돌아가시고 그제야
조카에게 이야기 해서
제 자리를 찾았어요.

지난 세월 다 헤집어
통곡할 필요도 없고
누굴 원망할 필요도 없고
그냥 서로 의지하며 남은
인생 잘 살면 돼요.

저는 규진 씨를 만나
진짜 내가 살 집에 들어서는
기분이에요. 그러니....

나를 많이 아끼고
사랑해주세요.
나도 그럴 거니까.

서러운 자리에
피어난 초라한 꽃들도
서로 의지하고 살면
그걸로 충분해요.

네, 약속할게요.
희영 씨 외롭게 하고
마음 아프게 하는 일
없을 겁니다.

꼭 그렇게
할 겁니다.

이 주 만에 댁으로
가시는군요. 상처는
잘 아물었습니다.

다만 피부 속은
여전히 회복 중이니
정구 같은 격한 운동은
피하시고요.

운전은
괜찮을까요?
장거리가 아니라면
괜찮을 것 같습니다.
때때로 왼손을 핸들에서
내릴 수도 있으니까요.

어디
요양이라도 가실
예정입니까?
네.
가까운 동래 온천에서
며칠 쉬려고 합니다.

안 그래도
윤 사장님은 병원에
계실 때 방문객이 많아
많이 바쁘신 것
같더라고요.
사건 처리에,
회사 일에 여러 가지
번잡했습니다.

그 동안
잘 치료해주셔서
감사했습니다.
네, 안녕히
가십시오.

집에는 준비가
다 끝났지?
네, 아주머니께서
여행 짐과 아침 식사 모두
준비해놓으셨습니다.

- 다음 화에 계속....

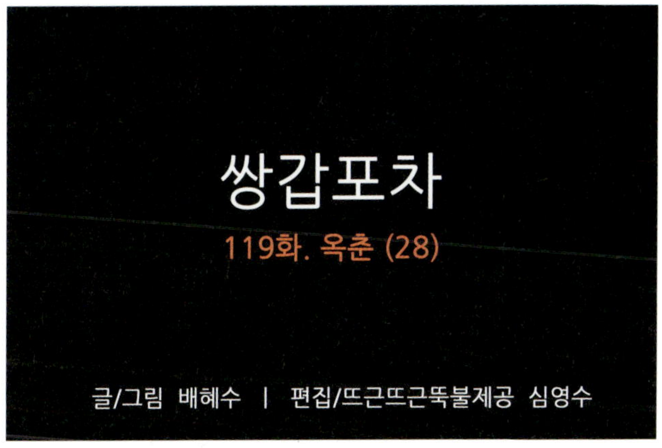
쌍갑포차
119화. 옥춘 (28)
글/그림 배혜수 | 편집/뜨근뜨근뚝불제공 심영수

이번 사건 관련자들 모두 처리되는 것 확인하고 회사일 보살피고 그 와중에 마님은 살림 짐 옮기고....
두 분 다 병원에서 더 바쁘게 보내셨습니다.

아주 정신없이 시간이 흘렀어요.

그러게요, 아저씨.
병원에서 상처는 나았어도
정신적인 피로는 더 쌓인
것 같습니다.

이번에
온천 가시면 일 생각이랑
꼭꼭 접어두고 좀 편안하게
푹 쉬세요.
네, 아주머니.

아, 그리고
온천 가는 길에 잠시
들러 혼인신고를 할
예정이고…
식은 온천 다녀와서
천천히 준비할게요.

너무 늦어지면
안되지만, 지금 그것까지
생각하려니 저희 머리가
너무 복잡해요.
그럼요, 그럼요!
큰 사고를 당했는데
몸과 마음 편한 게
우선이에요.

온천 숙소 예약은
한적한 곳에 있어 휴양하기
좋은 이 층 양옥 호텔,
수천각으로 잡았습니다.
주인과
알고 지내는 사이인데,
아주 깔끔하고 단정하게
객실을 운영하는 좋은
분이랍니다.

제가 두 분 이야기
잘 해두었습니다.
수 천 각
감사합니다,
아저씨.

식사도 하시고
차도 마셨으니 이제
슬슬 출발하세요.
네.

마님, 좋은 꿈
많이 꾸시고 푹 쉬세요.
병원에서 쉬지도 못하고
고생이 이만저만이
아니었어요.
네.

간식도 가득 챙겨놨으니
밥때 맞춰 뭘 하지 마시고,
쉬고 싶을 때 쉬고 주무시고
싶을 때 마음껏 주무세요.
해 뜨고 지는 거
모르고 시간 보내야
피로가 풀려요.
네.

그럼
저희 가 볼게요.
좋은 시간
보내세요.
조심해서
가세요.

부웅-

올 때는
식구가 늘어서
오면 좋겠다.
그러면
오죽이나 좋겠냐만
자식이 마음대로
되나?

며칠 전
병원에서 둘이 있을 때
슬쩍 물어보니 마님 나이가
있어 말은 아껴도,
아기가...
생기기만 하면
얼마나 좋아요.

라고 하더라고.
마님이 원래 어린애를 그렇게
좋아한대. 그러니 빨리 아기가
들어서면 얼마나 좋아!
그럼 자네가
믿는 삼신 할매한테
기도라도 하지?

말해 뭐해!
내 진즉 새벽마다 정화수
떠놓고 여러 날 쉬지 않고
기도했다!
허허허!
하여간 이 사람도
보통내기는 아니야.

사실은
나도 성당에서
기도했지.
그럼, 그래야지!
참 잘했어.

수 천 각

어서 오세요!
두 분 결혼
축하드립니다.
감사합니다.

오시느라
많이 피곤하시죠?
제가 객실로
안내하겠습니다.

*"목욕 한탕"은 당시 흔히 쓰던 말.

네?

아! 아직
초야 전이라 가족탕이
부담스러운가 보다.
물론
여탕, 남탕도 비었어요!
일 층 우측 낭하 끝에 있으니
어디든 편할 대로 쓰시면
돼요. 호호호!

*낭하 : 복도.

수건하고 비누는
탕으로 가져다 놓을 테니
편하게 쓰세요. 저희는
비누도 럭슈비누를
쓴답니다.
아, 네…
감사합니다.

그럼 내 집이다, 생각하시고 편히 쉬세요.
고맙습니다.
고맙습니다.

탁!

규진 씨, 운전하고 오느라 피곤하진 않아요?

아주머니가
식사 후에 절 몰래 불러내
장어 곰국 한 그릇을 그냥
후루룩 마시라고 해서
단숨에 먹었어요.
속닥속닥!

으쌰! 으쌰!
하하하,
그런 일이
있었군요.

그럼 온천물에
목욕 한탕 하러....

음....

옷을
갈아입어야....
아, 네!
저는 저기 구석에서
뒤돌아서서 입을 테니
편하게 입으세요.

나중에는
좀 편하게 갈아
입으려나.

끼익-

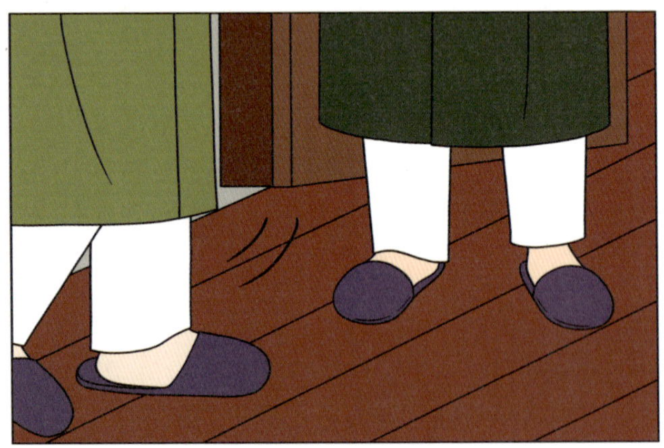

파자마가
불편하진 않죠?
네, 이런 옷은
처음 입어보는데
편안해요.

여 탕
남 탕

여 탕
제가 옆 탕에 있으니 걱정 마세요.
네, 규진 씨가 옆에 있어 든든해서 좋아요.

가족탕이 바로 옆이지만....
네, 네.
그, 그럼 곧 있다 봐요.
가족탕이 바로 옆이지만....

여 탕
남 탕
나중에는
가족탕에 갈 수
있겠지?

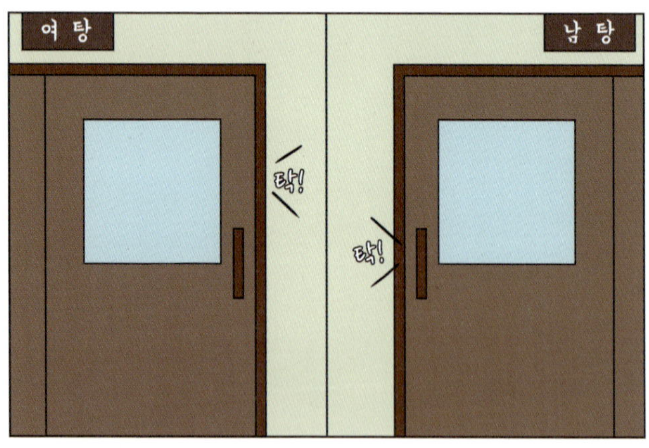
여 탕
남 탕
탁!
탁!

스윽

오래
기다리셨어요?
아름답다!

잘생겼어.
조금 전에
나와서 기다리고
있었어요.

이제
올라가요!
네.

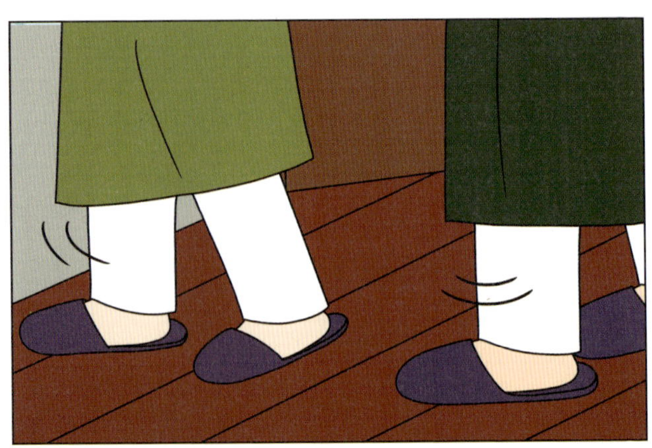

탁!

기척이 없는 걸 보니
저녁은 좀 있다
준비해야겠네.

신혼부부가
좋은 꿈을 꾸나
보다.

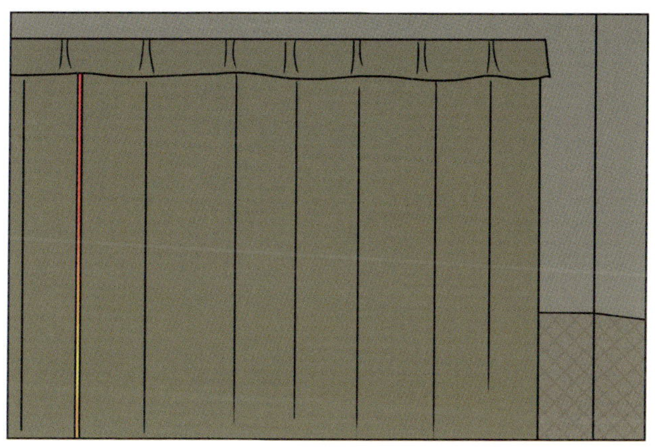

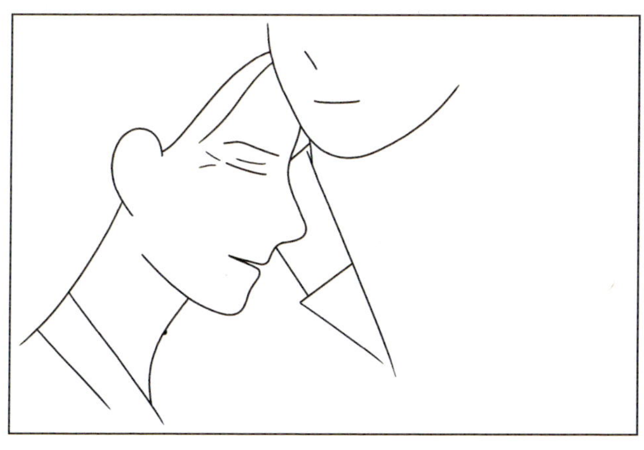

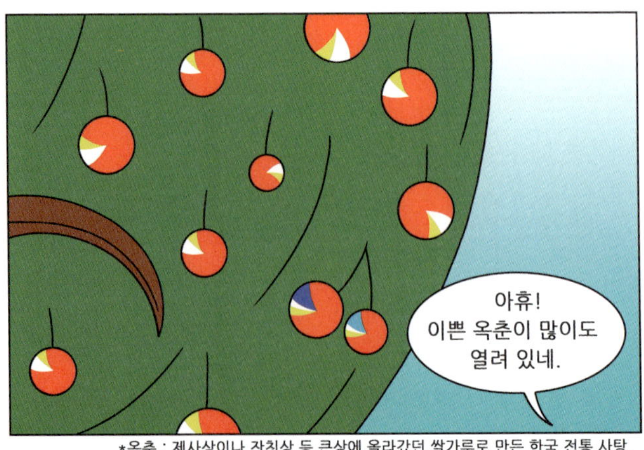

*옥춘 : 제사상이나 잔칫상 등 큰상에 올라갔던 쌀가루로 만든 한국 전통 사탕.

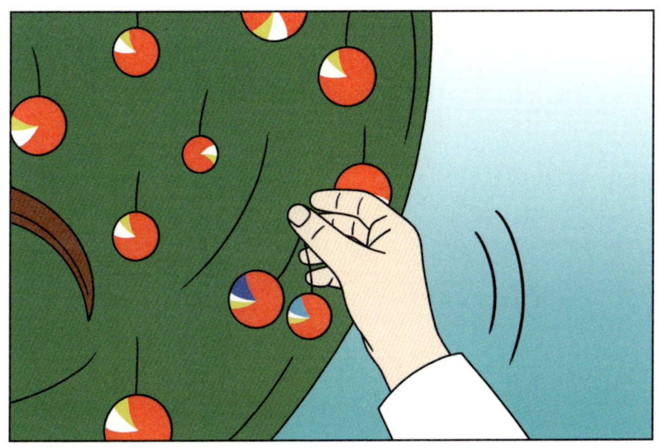

어서 가서
규진 씨한테
보여줘야겠다.

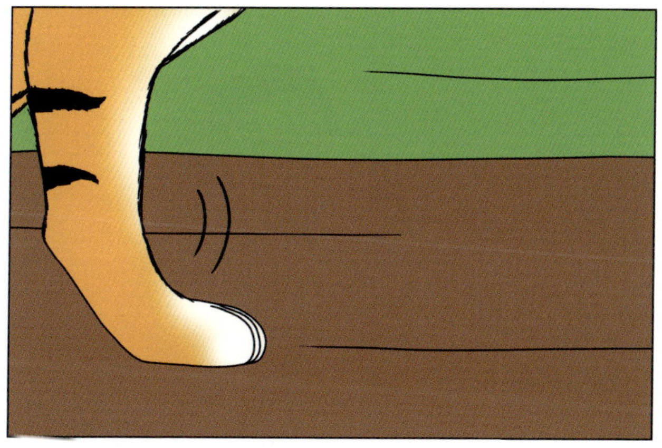

규진 씨는
아직도 잠을 자고 있구나.
나도 좀 더 자 볼까.

어머니!

응?

어머니!
문 좀 열어 주세요.

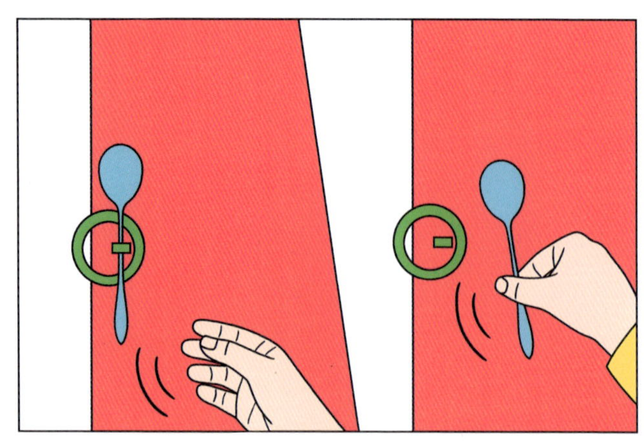

벌컥!

형!
이제 내려 줘!

어머니!
저희 왔어요.

세상에...
너희들은!

- 다음 화에 계속....

쌍갑포차

120화. 옥춘 (29)

글/그림 배혜수 | 편집/베리베리치즈케이크제공 심영수

돌아와 줘서,
고마워.

어서 오너라,
내 아가들.

엄마가
꼭 안아줄게!

내 아가들....
허우적-
허우적-

응?

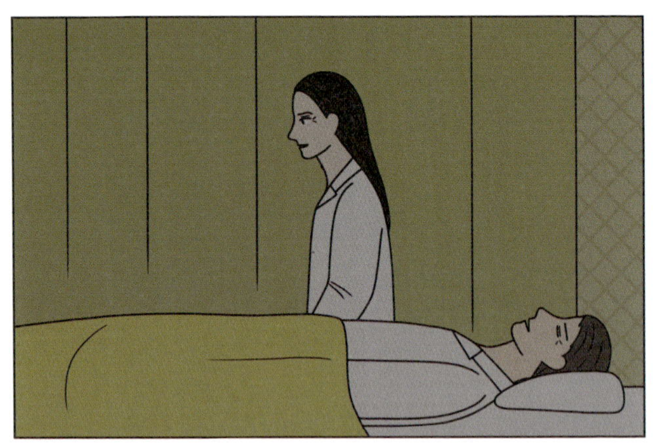

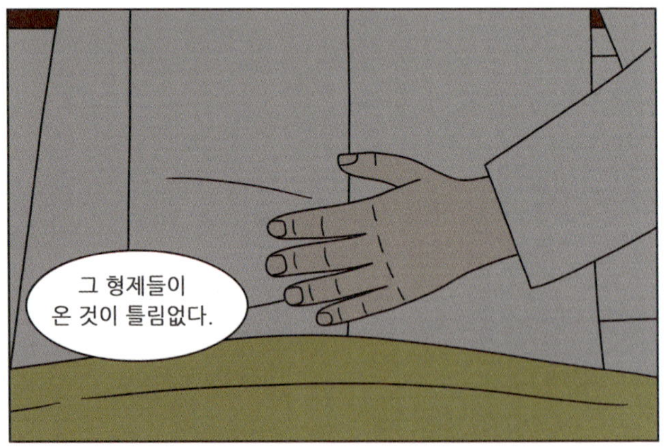
그 형제들이
온 것이 틀림없다.

삼신할머니,
정말 감사합니다.
자식들 마음에 생채기 안 내고
훌륭하게 잘 키울 테니
건강하게 태어나도록 저를
보살펴주세요.
그럼
나도 같이 놀자.

응?
코-오-

규진 씨,
뭐라고요?

호랭이.

호랭이?
호랭이요.

아, 호랑이요.
호랑이랑 뭐해요?

토끼하고
놀아요.

규진 씨에게도
아가들이 왔어.
정말 맞는구나.

코-오~

그냥 둘이 기대
사는 것만 해도 분에
넘치는 행복인데, 우리에게
이런 천복까지 오다니
믿어지지 않아....

우리가 받지 못한
사랑의 몇 배로 자식들을
귀하게 키워야지.

안녕하세요!
안녕하세요!
잘 주무셨어요? 아침 산책하러 가시나 봐요.

네, 공기도 맑고 해서 아침 먹기 전에 산책 좀 하려고요.
산책하기 좋은 날씨예요.

그럼 다녀오세요. 맛있는 식사 준비 해 놓을게요.
네.
네.

이번에
종상이네 만나보니
어때요?
부부가 음식점에
대한 열의가 남달라
안심이 되었어요.

네?
정말요?
아-ㅂ-브아!
(친구! 나랑 노세!)

일찌감치
마가렛 정리하고
국숫집을 차리기로 한 건
정말 잘한 선택 같아요.
또 가게를 맡긴 사람한테
한번 크게 당하고 나니
사람 쓰기 은근히 두려웠는데,
윤종상 씨 덕분에 한시름
놓았습니다.

종상이는 누구보다
신뢰할 수 있기도 하지만,
우릴 만나게 해주고 또 규진 씨를
살려준 정말 여러모로 은인
같은 사람이에요.
시간이 흘러
어느 정도 시점이 되면
계획대로 그 부부한테
가게를 인수인계하면
될 겁니다.

그리고 요즘같이
세상이 어지러울 때는
음식 맛도 중요하지만
가게 주변 이웃 관리도
중요해요.
규진 씨도
아시다시피 국제시장이고
남포동이고 피란 온 이북 출신
상인들이 많이 있잖아요?

그러니 함경도 출신인
민경 씨가 가게에서 일하면
그들하고 소통하는데 적지 않게
도움이 될 겁니다.
네, 민경 씨한테
연락해 볼게요.

그나저나
늘 혼자서 계획 짜고
혼자서 결정하다,
옆에
희영 씨가 있으니
너무나 든든하고
좋아요.

다행이에요.
아, 저기 잠시
앉을까요?
네,
희영 씨.

숄 깔고
따듯하게
앉아야지.
내가 나이가
있으니 좀 유난스레
조심해야 해.
의자가
차갑죠? 제 옷을
깔아줄게요.

아니에요,
제 숄을 깔면 돼요.
제 옷이
더 폭신합니다.

어제 정말
정신없이 잔 것
같아요.
네. 그런데
규진 씨 잠버릇 있던데
알고 계세요?

제가요?
저 잠버릇 있어요?
혼자 살다 보니 있어도
알 수가 없어요.
병원에선
그러지 않았는데 어젠
정말 편했나 봐요.

잠꼬대도 곧잘
하고 그때 말 거니까
묻는 말에 자세하게
대답하던걸요?
네?

아이고...
이제 비밀은 다
들키겠구나.
하하하!

제가 어제 뭐라 그래요?
호랑이, 토끼하고 놀고 있다고.

사실은 아이처럼 호랑이 등에 토끼랑 타고 막 날아다니는 선명한 꿈을 꿨어요.
아, 그러고 보니 호랑이 나오는 꿈은 보통 꿈이 아닌가?

제 사업이 막 잘 되는 꿈인가요?
그, 글쎄... 뭐... 나쁜 꿈은 아니겠죠.

어? 일전에도 이런
비슷한 대화하지 않았나요?
그러고 보니 용이나 호랑이나
대단한 영물들이잖아요?
그때도 희영 씨가
해몽을 모른 척 했는데
결국 우리 결혼하는
꿈이었잖아요.

*104화 참고.

말해줘요, 희영 씨!
뭐가 있죠?
은퇴했어도
희영 씨 감각은 보통 사람하고
남다르잖아요?
호랑이하고 토끼가
나왔으니....

어? 잠깐.
설마....

태몽인가요?

어제 저도
호랑이와 토끼가
우리에게 찾아오는
꿈을 꿨어요.

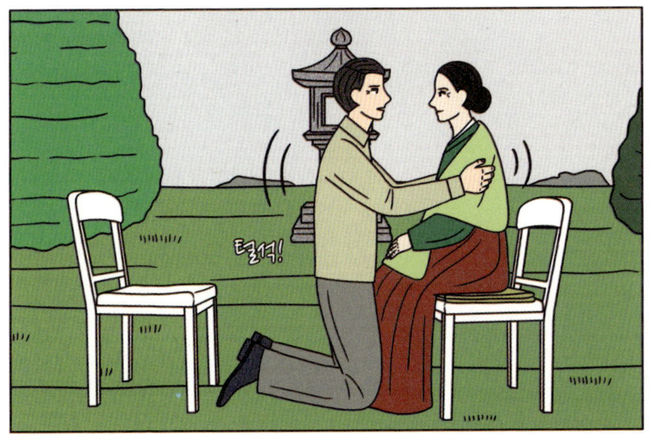
털석!

더 놀라운 소식은
우리에게 온 아이들이
인형집에 잠시 머물렀던
형제 혼령들이라는
거예요.
그 아이들을
처음 보았을 때
느낌 그대로였으니
분명해요.
네?

삼신할머니께서
감사하게도 그 아이들을
우리에게 다시 돌려보내
주신 것 같아요.
세상에
이런 인연이....

와락!

나를 살려준
아이들이 내 자식으로
왔다는 게 믿어지지 않고
희영 씨에, 자식에... 내가
이런 복을 자꾸 받아도
되는지....
아니, 아니
저 잘할 자신 있어요!
정말 잘할 겁니다.
저도 규진 씨와
같은 마음이에요.

잠깐, 그러면
쌍둥이인가요?
태몽이 맞는다면
쌍둥이죠.

규진 씨 마음 다 알아요.
그러나 우리 걱정하는 말은
하지 않기로 해요.

자식들
입에 넣어주는 밥만큼
귀에 넣어주는 말도
중요하잖아요.
막 찾아온
아가들에게 걱정하는
소리 먼저 듣게 하고
싶지 않아요.

또 우리가
자신 있어야 우리를
지켜보는 온 세상의 신들이
자신 있게 도와줄 터이니
감사한 마음으로 최선을
다해 노력해봐요.
그럼, 그럼!

* 아미동 삼신할매, 옥 할매 이야기 110화.

그럼, 나도
딱 준비하고
있을게.
올해 백 살 되신
울 친정엄마 쉰둥이를
내 나이 스물에 산파 할매와
같이 받은 이후로, 내리
오십 년을 애만 받았다.
실력 한번 보여주지!

그런데... 그게 저기...
지금 사장님이 죽기 일보
직전이야.
왜?

그러니까
마님은 오히려 차분하게
출산일을 기다리는데,
산모가 어떻게 될까 봐
사장님이 잠도 통 못 자고
뭘 먹지도 못하고 아주
산송장이 따로 없어.

그래서 저기...
아무래도 병원에 가서
출산해야겠어.
응? 산모가
아프지도 않은데
병원엘 왜 가?

일전에 산모 몸을 보니
딱 순산하게 보이더라고.
건강에도 아무 문제
없어 보이고.
엄마 힘들지 않게
하려고 아가들이 작게
들어앉았구먼.
그쵸?

사실은
사장님 어머니가
출산하시다 그만
돌아가셨거든.
아이고,
저런....

그러다 보니 출산일이
다가올수록 마음을 아예
못 가누고 있어. 며칠 전부터는
일도 안 나가고 마님 옆에
딱 붙어만 있어.
그런 사장님이
위급할 때 대처할 수 있는
병원에 가서 출산하는 게
어떻겠냐고 하니까....

그런 사연이 있었구먼!
그럼 병원에 가도록 해.
마음 편한 게 우선이다.
미리 약속해놨는데
미안해. 그래서 오늘 점심으로
국수 한 그릇 대접하려고
불렀어.

미안은 무슨!
하여간 자네는
심성이 너무 고와!
하하하!
아주머니!
아주머니!

빠, 빨리요!
희영 씨가 갑자기!
벌컥!
네?
뭐라고요?
응?

어린애들이
나오나 보다!
자네는
어서 물 올려.
으, 응!

어서, 어서!

*'금실'과 '금슬'을 모두 사용 가능.

응애!
응애!
응애!
응애!
응애!
응애!
응애!
코오-

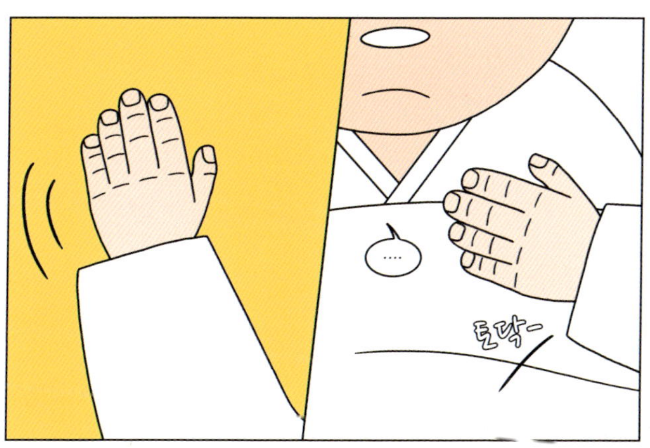
....
토닥-

코오-
코오-

형아 여기 있으니
울지마라 아우야, 한 거야?
옳거니! 네가 이번에도
형을 해야겠구나.

안절부절

안절부절

응애~

- 다음 화에 계속....

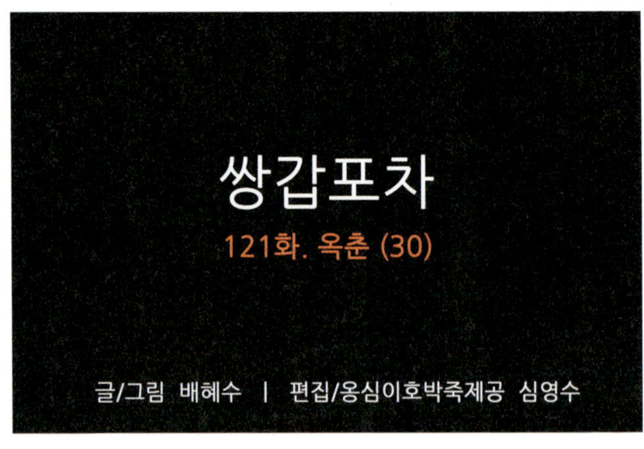
쌍갑포차
121화. 옥춘 (30)
글/그림 배혜수 | 편집/옹심이호박죽제공 심영수

도련님!

아주머니,
희영 씨는요!
아주 건강하게
출산하셨어요!

아기들은요?
아주 건강하게 태어났어요.

이제 들어가셔도 됩니다.
후다닥-

형은 엄마를 쏙 빼닮았고 동생은 아빠를 쏙 빼닮았어.
그치?
그런데 진짜 신기하네. 인형들을 옆에 놔두니 울음을 딱 그치네!

그건
아주 귀한 사연이
있어서 그래.
거참, 사연
없는 집이 없네!
어쨌든 좋은 이유면
되었다. 하하하!

규진 씨,
어서 와서 아기들
좀 보세요.

우리 예상대로
옆에 인형들을 놓아두니
울음을 뚝 그쳤어요.

너무
고생 많았어요.
규진 씨가
그동안 절 잘 보살핀
덕분이죠.

아가들 이쁘죠?

갈매기 눈썹이 형이고
쌍꺼풀 눈이 동생이에요.
아빠가
아기들 이름 불러주세요.
우리가 밤새 지은 이름
있잖아요.

기훈아, 경훈아.
엄마 아빠한테
와 줘서 고마워.

우리가
평생 너희를 아끼고
사랑해줄 거야.

1960년 가을
산토끼! 토끼야!
어디로 가느냐!
산토... 끼야.
어디로....

팔랑!
팔랑!
엉덩이 실룩실룩
깡총!
깡총!
깡...총....

뛰면서!
기훈이 지금
동화책 읽고 싶은데
경훈이 때문에...
하하하!
잘한다!
뛰면서!
뛰...서....

까닥!
까닥!
발동동!
어디로 가느냐!
...산에 갔을 거야.

할머니! 나 잘하지?
그럼, 그럼! 기훈이 경훈이 모두 잘했다.
우리 강아지들은 나중에 뭐가 되려고 이렇게 잘하지?

나는 악당 잡는 사람요!
나는 춤추고 노래 부르는 까불이요!

네, 아빠!
나는 악당 잡는
사람이 될 거예요.
악당?
어?

그럼 나도
형 따라 악당
잡을래요!
어?

하하하!
하하하!
하하하!

1966년 가을
친구 괴롭히는 녀석들을
마침 우리가 지나가다 본 거예요.
그래서 형이 혼내줬어요.

형이 곧잘
싸움질해?

친구들 괴롭히는
나쁜 녀석들이 있으면
형이 혼내줘요.
형은
싸우면 절대로
안 지거든요.

철수 엄마는~
할머니래요!
할머니래요~!
할머니래요~!
스윽!
으아앙!

철수야!
얼른 일어나 우리
형 뒤에 와!
야,
우리 엄마도 할머니야.
그게 뭐 어때서!
철수
계속 놀릴 녀석들은
이리 나와!

덤벼!

사실 내가
혼내 줄 수 있는데 내가
훨씬 어른스러우니까
그냥 참는 거예요.
흠...
글쎄다, 경훈아.

사실 아빠도
네 엄마보다 훨씬
어른스러우니 뭐든
참는단다.
흠...
글쎄요, 아버지.

끼익-

아버지,
등 뒤가 추워요.
그래, 올 것이 왔구나.

경훈아! 엄마한테 당당하게 놀고 싶다고 이야기해.
사람은 항상 자기 의사를 분명히 밝혀야 해.
네, 아버지.

*당시 중학교 입시제도가 있던 시절로 초등학생들이 상상을 초월하는 입시지옥에 시달렸다 함. 입시제도 폐지 후 학생들의 신체 성장이 향상되었다 할 정도.

아버지,
나 공부해야 하는데
자꾸 놀자고 부르지
마세요. 나도 놀자고
안 할게요.
저, 저 ....

어서 올라가서
형 옆에서 숙제 끝내렴.
모르는 건 형한테
물어봐. 알겠지?
네, 어머니.

하...
경훈이가 자꾸 놀자고
조르고....
탁!

여보, 그래도 숙제는
다 끝내고 놀아야지요.
더구나 경훈이는 기훈이
옆에 찰싹 붙어 있고
싶어 하는데,
성적 차이가 너무 나서
중학교에 따로 가게 되면
경훈이는 아마 울고불고
난리가 날 거예요.

둘이 일류 중학교에
들어가는 것보다 같은
학교에 들어가는 게
최고 바라는 건데,
경훈이 때문에 기훈이가
공부를 안 할 수도 없는 노릇이니
둘이 발맞춰서 공부하도록
우리가 최대한 도와줍시다.

좋아요!
그럼 우리 마사지
합시다.
또요?
그렇게 자주 해야
하는 거예요?

*콜드-크림: cold cream. 얼굴을 마사지할 때에 사용하는 유성크림.

*현대.

다
저기… 두 분은
어떻게?
제가 늦둥이 아빠라
나이를 거꾸로 먹어야 하는데
요즘 팔자 주름이 퍽
신경이 쓰여서요.

다
아, 저는 제 처가
비누 향에 민감해서
비누 사러 온 김에
따라왔습니다.
암! 그렇지,
그렇지.

피부 미백, 얼굴 주름,
잡티 제거가 모두 해결되는
기적의 크림이라고 해요.
아휴, 수오랑 붙어
다니면서 또 사 왔네.
이 두 사람을 어쩌면
좋아….

나랑 수오는 대화가 너무 잘 통해요.
수오가 언젠가 준비가 되면 작은 비누공장을 차리고 싶다 하는데, 내가 꼭 투자해주마 했어요.
털썩!

... 잘했어요. 수오는 헛말 하는 아이가 아니니 그리하지 싶군요.
응?

그런데 희영 씨 얼굴이 너무 좋지 않은데?
....

무슨
걱정 있어요?

기훈이가
요즘 자꾸 꿈을
꾼다고 해요.
꿈?

꿈에서
자꾸 방울 소리가
들린다고....

기훈이가
한번 크게 뒤집히는
운이 있다고는 짐작했지만
그게 생각지도 못한
쪽으로 일이 일어날까
걱정이에요.

기훈이가 지난달에
옆집 박 검사하고 무슨
이야기를 했는지,
이제 자기 꿈은
검사가 되어 악당
잡는 거래요.

그래서 더 열심히
공부한다고 했는데....
저렇게 공부 좋아하고
제 꿈이 있는 아이가
행여 나처럼,

안 돼! 절대로 안 돼.
상상도 하기 싫어.

차라리 내가 뭔가
잘못한 게 있다면 내 한 몸
던져서라도 막고 싶다만
그것도 아니니....
진짜 무슨 일이
벌어지면 어떻게 해야 할지
너무 두려워요.

이 큰 고비만
넘기면 우리 식구, 크고 작은
고난을 이겨가며 행복하게
살 수 있을 텐데....

희영 씨,
걱정하지 말아요.
그런 일은 일어나지
않을 겁니다.
그리고 행여
그렇다고 해도 반드시
방법이 있을 거예요.

그날 밤.

딸랑-

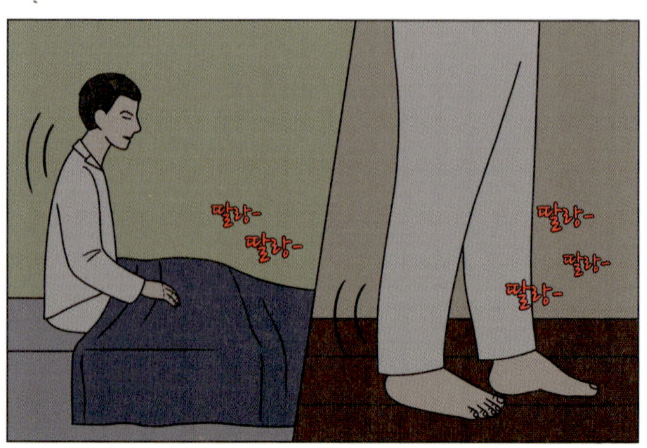

딸랑-
딸랑-
딸랑-
딸랑-
딸랑-

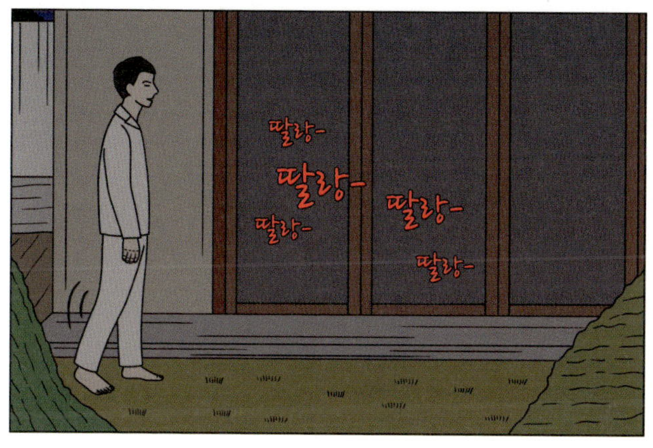
딸랑-
딸랑-
딸랑-
딸랑-
딸랑-

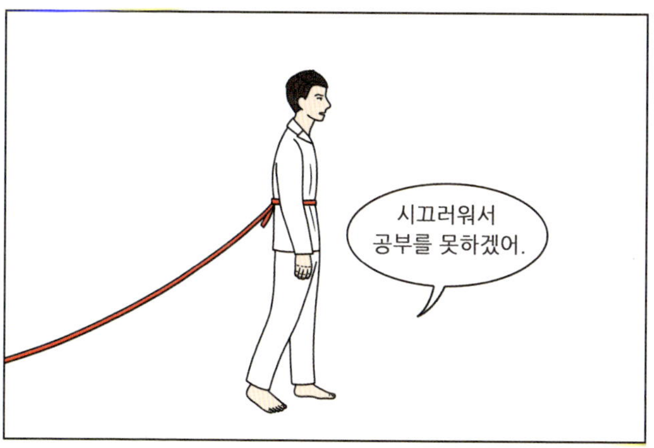
시끄러워서
공부를 못하겠어.

누가
저 소리 좀 꺼줘요.
제발 조용히 좀 해!
시끄러워!

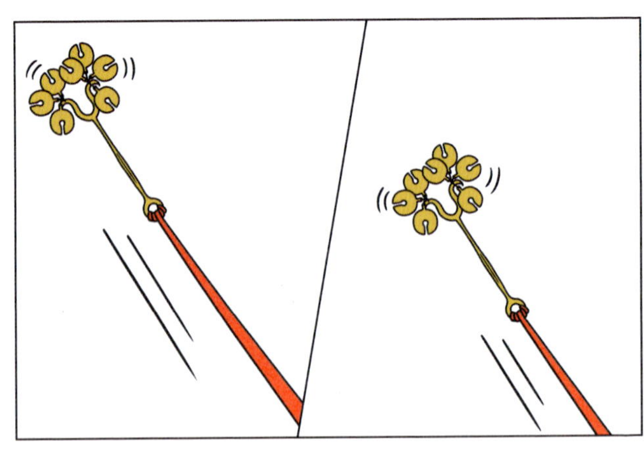

제발
조용히 좀 해!

네가
윤기훈이지?
네.
할아버지는
누구세요.

나는 네
친할아버지란다.
친할아버지?

그럼 할아버지!
제발 저 좀 도와주세요.
시끄러워 공부를 못하겠어요.
저 소리 좀 꺼주세요!

넌 공부가
좋지?
네, 열심히 공부해서
나쁜 악당 잡는 검사가
될 거예요.

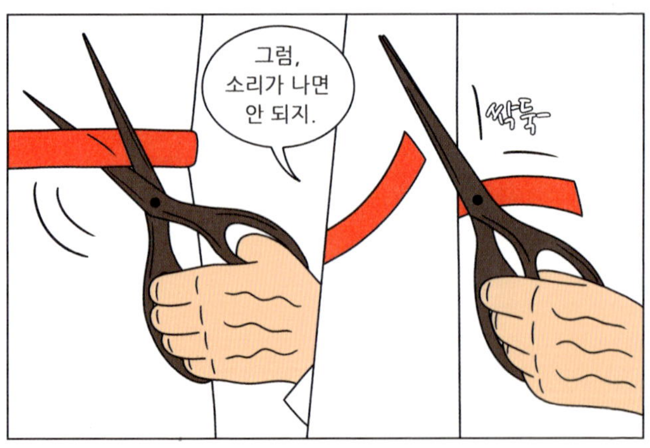
그럼,
소리가 나면
안 되지.
싹둑

이제 되었다,
어서 집으로 가거라.
어?
조용해졌다.
와! 신난다!

할아버지
같이 집으로 가요.
아버지, 어머니하고 같이
맛있는 거 먹어요!

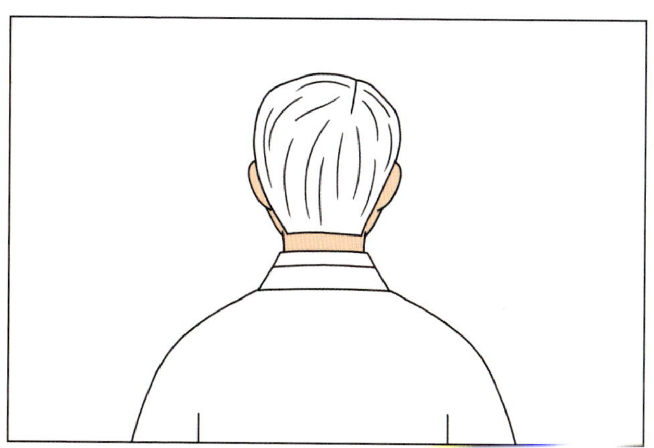

자식에게
씻을 수 없는 죄를
지은 부모는 집에
들어가지 못 한단다.

응? 무슨
말씀이세요?
더 물어보지
말고 어서 집으로
들어가거라, 어서.

네, 할아버지!
감사합니다.
어서 가거라,
귀한 내 손주....

가여운
내 아들과 내 며느리
가슴에 더 이상 못을
박으면 안 되지.

아버지, 어머니한테
빨리 말해서 할아버지
모시러 가자 해야지.

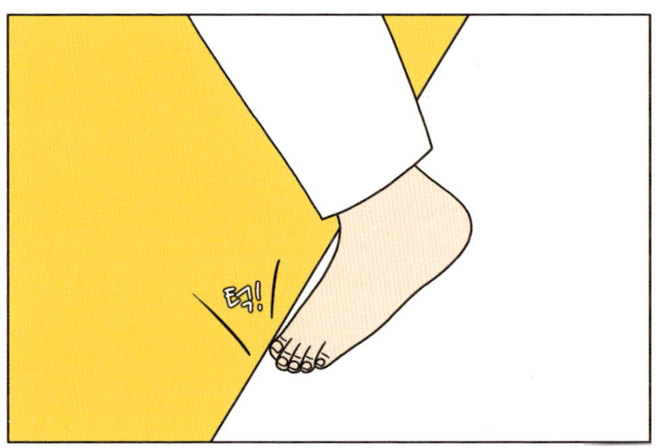
턱!

아이쿠!

털썩!

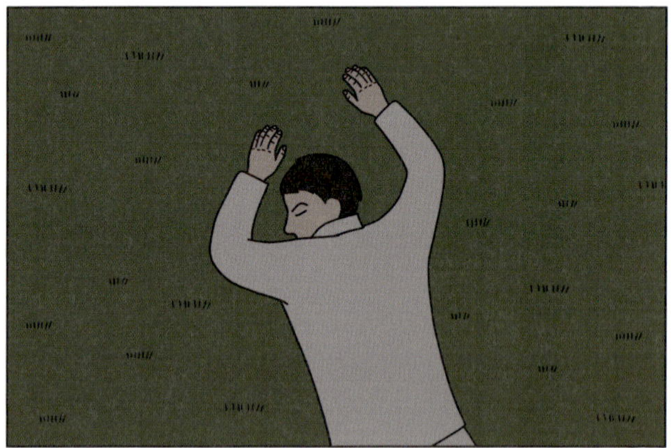

쾅쾅쾅!
쾅쾅쾅!
도련님!
마님!

- 다음 '옥춘' 마지막화에 계속....

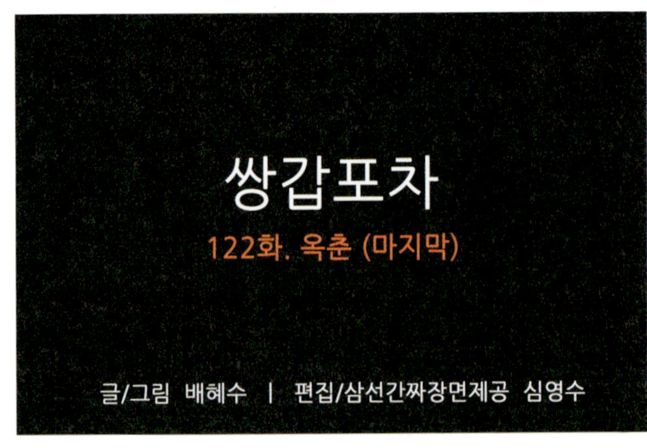
쌍갑포차
122화. 옥춘 (마지막)
글/그림 배혜수 | 편집/삼선간짜장면제공 심영수

조심, 조심!

기훈아!
정신 차려봐라,
기훈아!
으응....

응?
할아버지는요?
할아버지?

할아버지가
방울소리 안 들리게
해주셨는데....
아, 꿈이구나.
뭐라고?

방울소리가
시끄러워서 힘들어하는데
할아버지가 오셔서,
공부하려면 소리가
나면 안 되지, 하시면서
소리 안 나게 해주셨어요.
아이, 좋아!

그런데
왜 모두 여기
계세요?
무슨
일이 있어요?

잠깐만, 기훈아!
자세히 좀 말해봐라.
할아버지라고?
네, 아버지.
친할아버지라고 했어요.
집에 같이 가자고 말씀드렸더니
자식한테 죄지어서 집에
못 들어간다고 했어요.

아, 아버지가...?

며느리
김희영과,

손주
기훈이와 경훈이,
처음으로 인사
올립니다.

우리 기훈이
살려주셔서 정말
고맙습니다.

그리고 매해
제사를 지내고 있으니
꼭 집에 오셔서 식사
하시고 가세요.
저도 이제
관리인에게만 맡기지
않고 때마다 성묘하러
올게요.

아, 아버지.

1984년 봄

기훈아.

조직에 실망했다고
너도 나도 다 나와 버리면
힘없는 사람들 괴롭히는
진짜 악당 잡는 검사는
누가 하겠니.

권력을 탐해
위를 보며 일하지 말고
시민들을 위해
맨 아래를 보고 묵묵히
일을 해라.

그러다 행여
네 손에 죄 없는 생사람
잡는 칼을 쥐어주려 하면
그땐 뒤도 돌아보지 말고
옷을 벗도록 해.

그리고
경훈이하고 같이
변호사 일을 하면
되는 거야.
네, 어머니.

윤 검사!
항상 선한 마음 위에
시시비비 잘 가려가며
딱 중심 잡고 살아야 해.
네 부모님을 봐라.
그렇게 살면 돼.
네, 할머니.
명심할게요.

할머니 건강은 괜찮으시죠?
안경 없이도 바늘에 실 다 끼우고 머리가 맑아 우리 윤 검사, 윤 변호사 다니던 학교들 이름도 다 외운다.

우리 가족이 지금 이 자리에 있는 건 모두 십여 년 전 돌아가신 집사 할아버지와 여기 계신 할머니 덕이다. 아버지가 두 분 모시는 거 잘 봤지?
제철 과일 나오면 제일 먼저 할머니 드리고 세상 사람들이 맛나다, 하는 음식은 딱 할머니 앞에 놓아드려야 해.

아이고, 난 이제 백 살 넘어 젊고 팔팔하다. 그저 부모님한테 효도해라.
나이 오십에 어린애를 낳는 게 보통 어려운 일이 아니란다.

알겠습니다.
할머니, 부모님 모두
제가 챙겨드릴게요.

어머니,
우리 기훈이가
눈치 하나는
빠르죠?
그럼요, 그럼요.
우리 윤 검사 영특하기로는
휴전선 이남에 명함 내밀
사람이 없어요.

멍멍이 집

그러니까, 아버지!
형은 내가 하자는 대로 같이
변호사 사무실을 개업했으면
되었잖아요?
괜히 검사를
해가지고....

네가 형 따라 공부하다
사시까지 치고 변호사
되었지! 기훈이는 원래
검사가 꿈이었고.
변호사가
허위사실을 유포해도
되는 거냐?

특히 너는
외할머니에게 늘
감사해야 해.
너희 시험 치기 전날,
내가 꾼 꿈이 딱 맞았다.
형과 같은 해 시험 통과한 건
모두 네 외할머니가
도운 덕이다.

누구세요?

윤 서방! 날세. 희영이 엄마.
아니, 장모님! 어서 절 받으세요!

절은 무슨.... 매해 기일마다 사천에 오고 그 덕에 마을 사람들도 다 알게 되고... 희영이가 제 자리를 다 찾은 것 같아 죄 많은 내 마음이 조금 가벼워졌어. 참 고맙소, 윤 서방.
아닙니다. 당연한 일을 했을 뿐이에요.

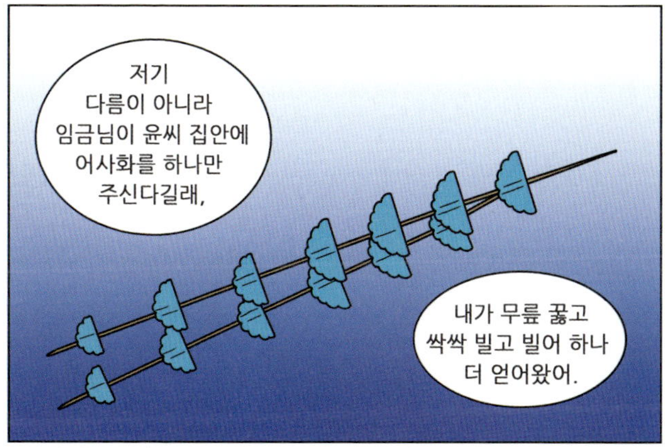

*어사화: 조선 시대 임금이 과거에 급제한 신하에게 내리는 종이꽃. 가늘게 쪼갠 댓개비 두 개를 밑부분은 함께 싸서 묶고 위쪽으로는 각각 벌어지도록 하여 청·홍·황·백색 종이꽃을 오려 붙였다.

*어사화 관모 : 국립중앙박물관 참고.

그나저나
네 어머니야말로
아버지가 하자는 대로 해서
일이 잘 풀렸지. 결혼 초기에는
헤어지는 꿈 꿨다고 울면서
잠에서 깨고....
날 자꾸자꾸
좋아해.

아버지! 그건
아버지 이야기잖아요.
그리고 우리 집 큰일은
어머니가 대부분 주도
하신 거 다 알아요.
변호사는요,
허위진술하는 의뢰인을
제일 싫어해요.

멍멍이 집
아,
이번 주 석철이 누나
세미나 가세요?
너도 알다시피
아버지는 공부하고
안 친하잖니. 가 봤자
잠이나 들어 민폐지.

네 어머니하고
석철이 부산시민회관에
데려다주고 세미나 하는 동안
동래 온천에 다녀 오려고.
가까우니까.

나이가 드니
예전에 총상 입은 데가
가끔씩 결려서 말이야.
이럴 땐 동래 온천물이
최고다.
제가 시간 내서
모시고 가야 하는데....
공부하고 일한다고 효도를
너무 못해 죄송해요.

무슨 소릴.
너희는 우리에게
태어났을 때 이미 평생
할 효도 다 끝냈다.
일 할 나이 땐
열심히 일하면 돼.
멍멍이 집

* 부산 최초의 대규모 공연 시설인 부산시민회관의 1975년 전경. (국가기록원 참고)

* 26화 '생굴' 마지막과 연결.

할아버지 아직 안 오셨네? 우리가 일찍 나온 것 같아요.
벤치에 앉아서 좀 기다려 보자꾸나.

할머니! 우리 할아버지는 할아버지인데 너무 귀여우신 것 같아요.
타고난 성정은 나이하고 상관없다. 네 할아버지는 그냥 타고 나셨어.

제 아빠 쏙 닮은 경훈이도 그렇고.
멍멍이하고 두 사람이 있으면 집안에 웃음이 끊이지 않아.

그쵸?
그런데 기훈이는
엄격한 할머니를
닮아서 그런가?
나보다 나이도
어린 녀석이 어릴 때부터
꼬박꼬박,

석철이 누나,
같이 놀자!
석철이 조카
왔는가.
아니,
저 쪼끄만 게 또!
너 누나한테 아주
혼나볼 테야?

이러잖아?
아이, 평생 얄미워!
얘, 그래도
석철이 조카 결혼한다고
경훈이하고는 비교도
안 되게 아주 큰 선물
준비하더라.

걔가 그런 애다. 과묵하니 속이 깊어.
흠... 기훈이가 어쨌든 삼촌은 맞으니까. 우리 삼촌 최고!
하하하! 요 깍쟁이 같으니!

외탁인 기훈이는 갈매기 눈썹에 맹수과라 네 아버지와 성격이 비슷한 게 많아.
옥희화학

맹수과? 그럼 나는 할머니?
우리 석철이는 여의주 문 용이야. 그것도 황금용.

정말?
그럼!
그리고 젤 귀한
사람이 우리 석철이지!
너 보고 싶어서
부산 왔다니까.

에이, 할머니는
할아버지가 젤
귀하잖아!
들켰냐?
역시 박사라 눈치가
빠르구나.

어쨌든
너 보고 싶어서 부산
왔다가 할아버지 만났으니
너한테 늘 고맙지. 다 우리
석철이 덕이다.
할머니는 할아버지
처음 만났을 때부터
좋아했어요?

그럼!
표를 안 내서 그렇지
처음 만나서부터
좋았지.

키도 훤칠하고
인물도 좋은 사람이
은은한 꽃향기를
풍기는데....

아, 저이는
마음이 가여운 사람이구나.
그래도 어떻게든 살려고
낡은 양복 반듯하게 걸치고
바르고 부지런히 사는
참 좋은 사람이구나.

뭐...
그냥 참 좋았어.

할아버지도?
그럼!
할머니 보자마자
반했지.

약속할게요.
희영 씨 외롭게 하고
마음 아프게 하는 일
없을 겁니다.

라고 다짐한 이후로
함께 있는 동안 할머니 마음에
상처 주는 말 한마디를
내뱉은 적 없이 내게 한 약속을
꼭 지키고 살았지.

기훈이 경훈이
태어나서는 자식들이
친구들한테 부모님이
할아버지 할머니라고
놀림당할까 봐,

사람들이
비누 칠도 잘 안 하던 시절부터
얼굴에 스킹이고 로숀이고 크림이고.
하이고! 어디 그것만 해?

* 스킨, 로션.

그 귀찮은 마사지를
매주 꼬박꼬박 하고....
난 그게 그렇게 귀찮은데
별 수 있니? 덩달아
같이 했지.
정말? 나도
마사지는 안 하는데!
하하하!

내 피부를 봐라.
이게 노인 피부냐?
어머! 진짜
우리 할머니 피부
고운 것 좀 봐!

그러다
기훈이 경훈이
대학 졸업식 다녀오고
나서는 딱 멈추더라.
그때부터는
머리에 염색도 안 하더라고.
나도 세상 편하다.

정말 할아버지
정성이 대단하지요?
그럼!
남편으로서 아버지로서
또 어머니로 모시고 있는
아주머니에겐 아들로서
늘 한결같이 최선을
다했지.

어,
저기 할아버지 차
아니에요?
이제 오셨구나.

탁!

잘 다녀
오셨어요?
네.
할아버지!

우리 김 박사는
세미나 잘 끝냈고?
네.

어서 탑시다.
김 박사는 앞에 앉고
우리 마님은 나하고
뒤에 앉아요.
제가 할머니랑
앉을 건데요?
얘, 또
할아버지한테
까분다.

아니거든!
할머니는 나하고만
자꾸자꾸 안고 싶다고
했거든!
아휴, 빨리
탑시다.

까 발 료 신발
부르땡 아동복
부산총판
GOLD STARS
여보, 온천은
괜찮았어요?

몸은
풀리고 좋은데
혼자 가니 쓸쓸하고
서럽고....
라이벌만
아니었으면 이 좋은 날
우리 마님하고 손잡고
온천 가는 건데.
할아버지,
다 들리거든요?

힝...
할아버지 정말?
옆집에 붙어살던
금지옥엽 이쁜 강아지가
결혼한다고, 할아버지가 지금
얼마나 속상한지 아니?
부러 그러신거야.

*부러: '일부러'와 같은 말.

결혼해도
집에 자주 와야 해.
자꾸자꾸 와야 해!
네, 할아버지.

아, 여보.
석철이 결혼식 전에
아주버님 산소에 한번
다녀와요. 기일도
다 되어가고.
그럽시다.

고마워요.
늘 먼저 챙겨줘서.
당신도
늘 나를 젤 먼저
챙겨주잖아요.

참,
손잡고 갑시다.

범일 제과
아휴, 할아버지,
다 들린다니까!
그러거나
말거나!
하하하!

- '옥춘' 편 마침.

'옥춘' 에필로그
삼본예식
자, 이제 신부 측
가족들 나와주세요.

아빠,
자꾸 눈물 나려는데
어쩌지?
울지 마, 석철아.
아빠가 항상 우리 딸
뒤에 있는데 울긴.
괜찮아!
근데
아빠 눈에도
눈물이 가득한걸?
힝….

옥희야,
고생했다.
제가 뭘요.
아, 동훈이하고 동훈이 처도
어서 데리고 오세요. 고모님이
모두 집합이래요.
그래.

어머니,
천천히 가셔도
돼요.

어머니는
여기 앉으세요.
서 계시면 몸이
힘들어요.
어머니,
뒤에 저희가 서
있을게요.
자! 자리를
잡아 주세요!

나는 다시
태어나도 희영 씨하고
결혼할 거예요. 그땐
좀 빨리 만납시다.
아버지!
다 들려요.
야,
모른 척 좀
해라.
우측 어르신
자세 바로
잡아주세요!

자! 모두
행복한 얼굴로
하나, 둘, 셋!

찰칵!

- '옥춘' 에필로그 끝

고구마 맛탕

〈쌍갑포차 세계관과 주요신들〉

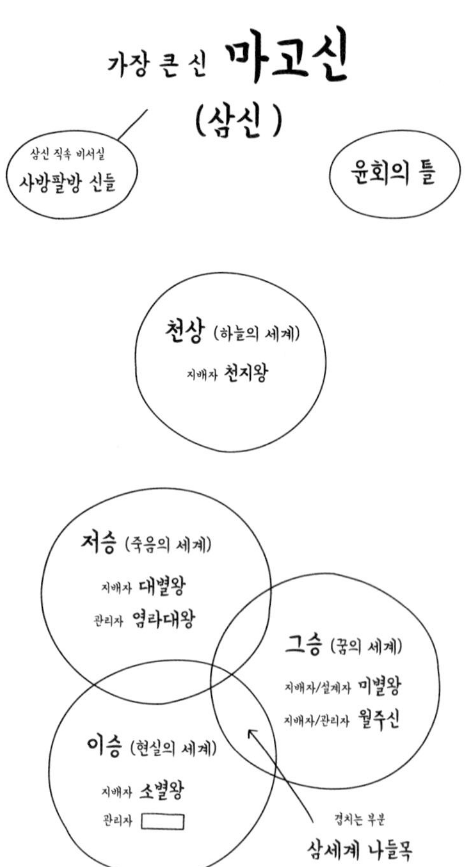

*웹툰 "쌍갑포차"의 세계관은 한국의 여러 민간 설화를 재구성하거나
작가가 직접 창조한 설정으로 구성되어 있습니다.
(공백란은 설정상 아직 공개가 안 되는 부분)

〈 이야기 시작 시점 〉

〈 주요등장인물 〉

기영규
(1976년 생)

박다은
(1977년 생)

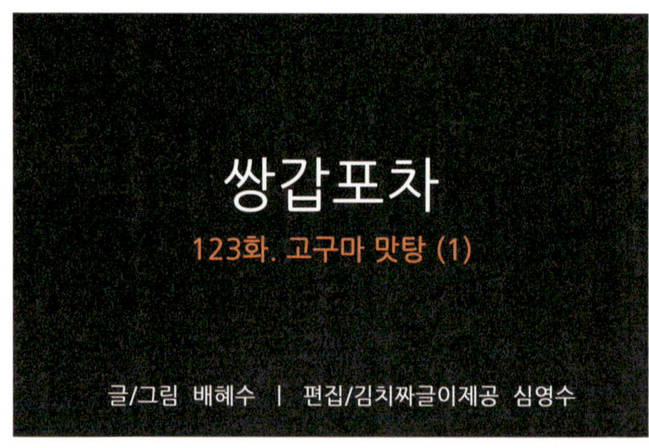

쌍갑포차
123화. 고구마 맛탕 (1)
글/그림 배혜수 | 편집/김치짜글이제공 심영수

2010년 가을
應無所住而生其心

其心

허허....
이 녀석이 또 놀러
나갔군.

其心
스님,
이 복돼지상
귀엽죠?

사찰에
뱀이 너무 많아
세웠다던데,
이 녀석
귀여운 얼굴과 달리
힘이 좋은지 정말 뱀이
많이 줄었다 해요.
하하하!

얘야,
복돼지상 밑에
고구마 하나
놔두거라.
네?
고구마요?

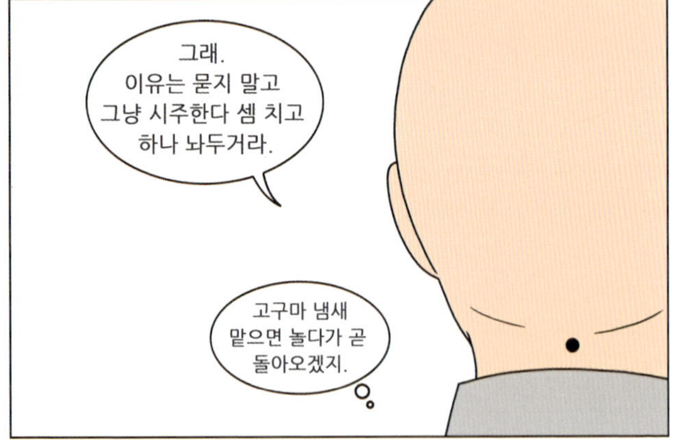
그래.
이유는 묻지 말고
그냥 시주한다 셈 치고
하나 놔두거라.
고구마 냄새
맡으면 놀다가 곧
돌아오겠지.

뽈뽈뽈뽈뽈-

꿀?

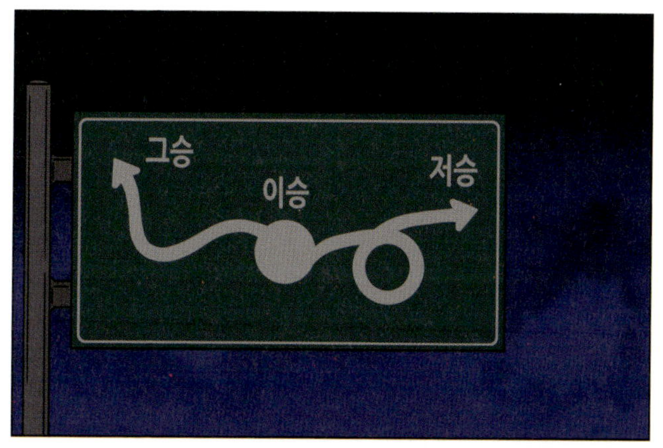
그승
이승
저승

벌벌벌벌-

잘하자.

잘하자, 오삼관!
털석!

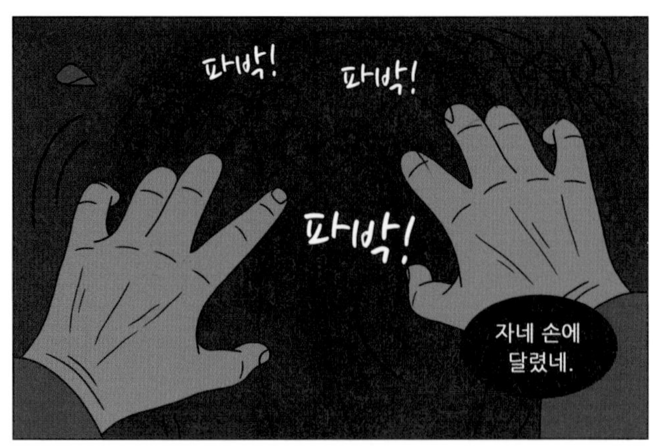
파박!
파박!
파박!
자네 손에 달렸네.

푹!

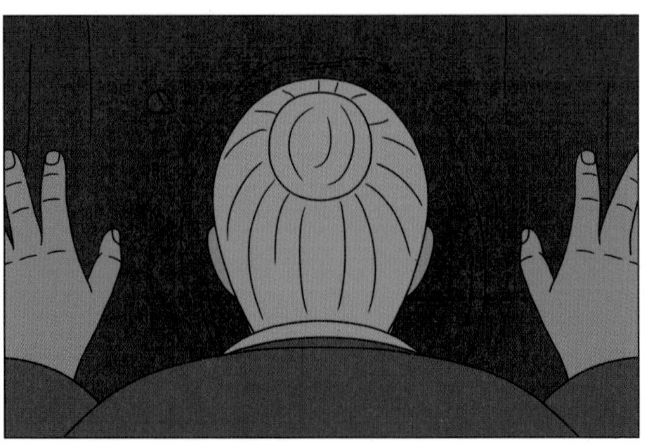

너무
힘들어!

이젠
그만두고
싶어!

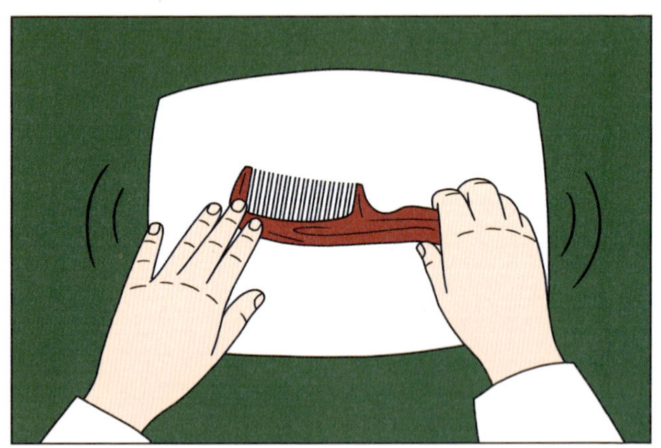

나 잡아 봐라!
아하하하!
쌔근쌔근-

나는
날 수 있어!
어떡해! 아기가
너무 귀여워!
까-악!

나비야!
나비야!
사방팔방궁에
오신 것을
환영합니다.

골똘-

오삼관님,
준비 끝났습니다.
깜짝!
응?
아!
오, 오셨군요.

무슨 안 좋은
일이라도....
별일 아닙니다.
어제 잠을 좀 설쳐서요.

제희님께서는
곧 이 사방팔방궁을
나가신다고요.
네....

정말... 부럽구나.

그럼,
이제 들어갑시다.
네.
영차!영차!
아이,졸려.

오삼관
아저씨다! 길을
비켜라!
나는 날 수
있어!
쌔근~쌔근~

잘 자라~ 우리 아가~
앞뜰과 뒷동산에~!
어서
오너라!
자장가
들으니까
졸려!

삼신님,
인사 올립니다.
다이빙!
그래, 이제
시작해 볼까?

제희야,
이제 삐약이들
데리고 나가렴.
네.

와!
젤리다!
삐약이들아!
이제 지렁이 젤리
먹으러 갈까?
와!
젤리다!
쌔근~
쌔근~

아이고,
이제 좀 조용하다. 어찌나
개구쟁이들인지!

오삼관,
오늘도 잘
부탁하네.
네.

물끄러미-

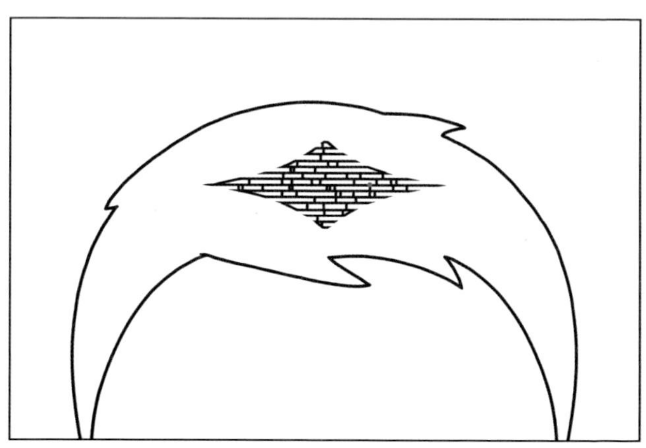

어떤가?
뭐가 있지?
네,
사십 년 후에
스트레스로 인한
췌장 관련 질병이
보입니다.

그치?
나도 그렇게 보였어.
어서 좀 치워주게. 병에
걸려 자리보전하는 것만큼
서러운 게 없다.

잘하자,
오삼관.

자네 손에
달렸네.

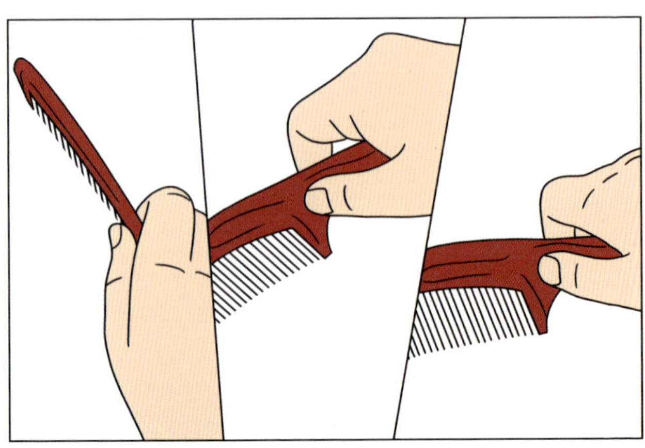

이제
끝났습니다.
아이고,
깔끔하니 참
귀하다.

오삼관,
고맙네.
아닙니다.
제가 응당 해야 할
일입니다.

귀염둥이야!
우리는 할 일 다 했으니
살면서 마음에 뭘 너무
담고 살지 말아라.
마음이 무거워
심약해지면 우리 노력도
헛수고가 되어 너는 곧잘
병에 걸려버린단다.

으쌰!
이제 업자꾸나.
엄마, 아빠
보러 가야지!

닭 장군은
정신 바짝 차리고
출정 준비 하고
있거라.
네.

그런데
자네 얼굴이 말이 아니야.
어디 아픈가?
아, 아닙니다.

나중에 보세.
네.

하... 피곤하다.
쉬지도 못하고 일이
끝이 없구나.

갑 쌍갑포차 갑
확 장사 그만
둘까?

응?

자네가
내 집까지
웬일인가.
그저
지나는 길에....

천상의 사람이
그냥 지나는 길에 그승까지
오는 게 흔하진 않지.

술 한잔
하려고?
술은
못 합니다.

아, 직업 때문에
술도 못 먹지.

치이익-
여기까지 왔으니
일단 거기 앉게.
네.

마침 술을 못 먹는
자들을 위해 고구마 맛탕을
만들고 있지. 고구마
좋아하지?
치이익-
네.

튀기면
겉은 바삭한데
속은 촉촉해서
더 맛있고,
치이이익-

휘적!
휘적!
달콤한 설탕물을
입히면 고구마만 먹었을 때의
답답함도 사라지지.

착!착!

자, 먹게.
감사합니다.

- 다음 화에 계속....

쌍갑포차

124화. 고구마 맛탕 (2)

글/그림 배혜수 | 편집/조기구이정식제공 심영수

네, 예전엔
이렇지 않았는데,
요즘 들어 부쩍
무거운 책임감에 너무
힘이 듭니다.

삼신님의
인자한 얼굴 뒤로 느껴지는
말할 수 없는 거대한 압박감에
숨도 잘 안 쉬어지는 것
같습니다.

하... 그래서
삼신님이 얄밉쟁이야.
고생은 우리가 다하는데
쌍갑포차 손님들에게
인기는 젤 많지.

요즘은
그 압박감을 못 이겨
자다 일어나 밖으로
뛰쳐나가길 여러 날이고,
먹고 자는 일에 아무런
낙이 없습니다.

한계점에 와서 그래.
사실 나도 갓난쟁이들
꿈속에서 치르는 전쟁에
부쩍 피로감이 크다.
그러나 어쩌겠는가.
삼신께서 가장 중히 여기시는
아기들 일엔 우리들 실수가
용납되지 않으니까.

더구나
새 생명의 나쁜 운을
잡아내는 오삼관의 직책은
그 섬세함에 어렵기가
손에 꼽히는데,
곁에서
지켜보시는 삼신님이나
나쁜 운을 걷어내는 자네나
서로 압박감이 오죽이나
할까.

그럼에도 불구하고
역대 오삼관들 중에 가장
오랜 시간 일을 해준 자네에게
우리 모두 감사해하고
있다네.

문제는 후임이
있어야 공석이 생기지
않을 텐데....

자네도
지금 그것 때문에
이러지도 저러지도 못하고
괴로워하는 것일게고.

그런데 얼마 전에
그 자리에 적합한 사람을
한번 본 적이 있지.
네?

제 자식 살려달라고
건무와 거래를 해서
그승까지 방문한 자인데
그 신통력이 사방팔방궁마저
뚫어내는 것 같더군.

모래사장에서
바늘 찾기만큼 힘들다는
오삼관의 능력을 갖춘 자가
아닐까 싶은데....
정말입니까?

왜?
자리를 물려주면
그 사람 고생길이 훤해
마음이 무거운가.
그래,
이렇게 심성이 고우니
오삼관이지. 그 마음
다 안다.

그러나 모든 자리에는
거기에 딱 맞는 사람과
그 때가 있는 것이다.
새 오삼관이 되는 자도 먼 훗날 피로가 누적되면 또 새로운 사람에게 오삼관 직을 인수하면 되니 괜한 마음 갖지 말게.

내가 후임을 잘 알아 볼 터이니 자네는 마지막까지 아기들에게 최선을 다해주게.
네, 정말 감사합니다.

야, 넌 어쩌다
상통이 그 모양이냐.

이곳 저승 악귀 중에
생기다만 네 몰골이 제일
추하구나! 큭큭큭!
건우,
그 죽일 놈!

악귀 모양새를
제대로 갖추기도 전에
영도다리에서 그놈에게
속아 저승으로 잡혀
들어와서 그래.
저승에 넘겨진 뒤
다행히 도망을 쳤지만
꼴이 변하질 않고
이 모양이야.

건우 차사?
그 이승에서 일한다는
암행차사?
그렇다.
그날 이후부터 지금까지
날 이렇게 만든 그 녀석에게
어떻게든 복수할 날만
기다리고 있다.

그랬군. 그 꼴을 한
네 심정은 이해한다.
그 녀석은 다른 악귀들도
이를 바득바득 갈고
있어.
하지만 건우는
못 건드는 차사 중에 하나지.
더구나 그 녀석 뒤엔 형,
건무가 있다.

건무?
건무는
안 된다.
힘센 악귀들도
그 악랄한 건무는
못 건드린다.
분에 못 이겨
섣불리 행동하다간
진짜 소멸당해!
안 돼.
괜히 건드렸다간
저승에서 도망도 못 다녀.
조용히 지내.

어리바리한 차사 같으면
떼거리로 몰려들어 골탕을 먹이겠다만
그 형제는 섣불리 건들 수 없지.
꼴 보기
싫은 놈들!
젠장!

그래도 분명
복수할 방법이 있을 거야.
이불 속에 찾기 힘든
작은 바늘이라도 넣어놔야
이 분이 풀리지!

다 왔네.
저승에서 여기까지
오느라 수고했다,
채덕형.
여긴
어디인가요?

사방팔방궁이네.
사방팔방궁?
아...
차사님 손을 통해
본 곳이구나.

들어가지.
네, 네.

여긴 뭐 하는 곳이죠?

자네 일전에 삼신님 봤지? 그분의 직속 비서실이 있는 궁으로 삼신께서 여러 일을 처리하시는 곳이다.

무엇보다 삼신께서
아기와 이승에 가기 전에
매우 중요한 의식을 치르시는
곳이기도 하지.
중요한 의식?

그건 바로
천상의 복숭아나무로
만든 영험하고 신비로운 빗으로
아기 머리 숨구멍이 닫히기 전에
머릿길에 걸려 있는 나쁜
운을 치우는 일이다.

그런데 이게
그냥 치우는 게 아니라
머릿길을 따라 조심조심
치워야 해서 아주
어려운 일이지.
머릿길?

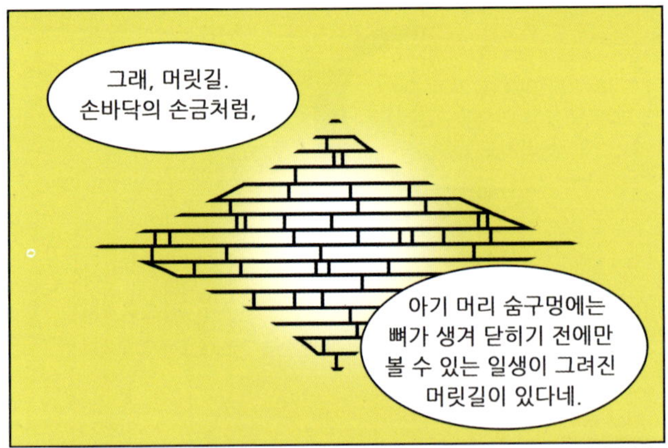

*숨구멍 : 앞숫구멍, 대천문. 갓난아이 머리에 미처 뼈가 형성되지 않아 말랑말랑한 이마뼈와 마루뼈가 만나는 가운데 부분. 돌 전후로 뼈가 생기기 시작함.

아기가
자라 어른이 되어
거친 풍파를 겪다
보면,
애써
정리한 나쁜 운이
귓구멍과 목구멍을 통해
들어와 다시 붙을
수 있지만,

누구 하나
귀하지 않은 인생이
없으니,
아기 머리 숨구멍이
닫히기 전에 삼신께서
할 수 있는 만큼 최선을
다하는 것이야.

그런
그 중요한 의식을
행하는 자를 오삼관이라
부른다네.
오삼관?

새 생명의
머릿길을 들여다보고
나쁜 운을 걷어 내는 일은
보통 어려운 일이
아니야.

삼신께서 옆에
딱 앉아 지켜볼 정도로
아주 중히 여기시는 일이라
오삼관 직책을 맡은 자들은
마음고생이 이만저만이
아니지.

그렇군요.
저기 그런데
왜 저에게 그런
이야기를....
아저씨는
누구야?

응?
아저씨는
누구예요?
응?
꺅! 무서운
월주신이다!

아저씨, 오늘
노래 배웠어요?
나도, 나도
안아줘!
무서워!

나는 오늘
노래 배웠어요.
불러볼까요?
이 병아리들은...?

무럭무럭
씩씩하게 자라나
용맹한 닭 장군이 될
삐약이들이다.
아이, 따듯해.
낮잠 자야지.

다, 닭 장군요?
돌잔치 전까지
아기 곁에서 돌잔치 빗을
지키며 이승의 잡귀들이
아기 근처에 얼씬도 못 하게
사방팔방으로 집을 감싸
싸우는 삼신 직속 최강의
장군들이지.

이곳이
사방팔방 궁이라
불리는 이유도 장군들이
아기를 사방팔방으로 감싸
지키기 때문이야.
닭 세 마리가~
한집에 있어~!

이 집
현관 문턱도
못 넘게 해라!

와아!
와아!
와아!
와아!

귀염둥이 깬다.
좀 조용조용히,

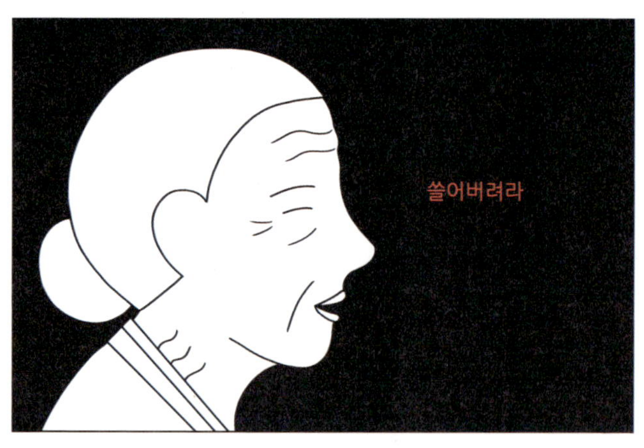
쓸어버려라

삼신께서
쓸어버리라신다.

종일 잠을 자면서 크는 아기들의 꿈속을 지키는 것도 워낙 중한 일이라,
그승의 신인 내가 직접 전장을 지휘하지.

와아!
와아!
와아!
와아!

꿈동산 입구
근처에도 못 오게
사방팔방으로
끈을 배치하라!

삐약이들아,
거기 있으면 안 돼.
어서 나와.
이 또한 그승
최고인 김발목 장군들
중에서도 최고만 선발된
센발목 장군들이
나와 함께한다.

이곳이 돌아가는
사정을 이제 잘 알겠지.
다시 말하지만,
삼신님과 함께
아기들을 보살피는 일은
아주 중요한 일이고 그만큼
고되고 힘이 든다.

그러나 한 생명의
소중한 일생을 위해
반드시 누군가는 해야
하는 일들이지.

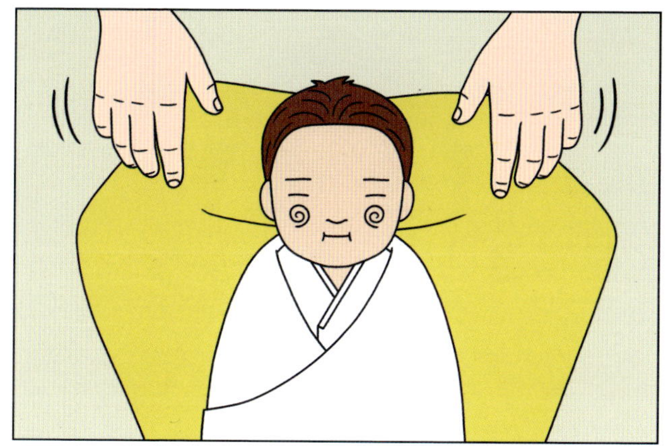

자네 이 아기를
좀 봐주게.
네?

그러니까
마음을 집중해서 아기
머리에 있는 숨구멍을
좀 자세히 봐 주게.

응?
저게 뭐지?

머, 머리에
이상한 줄무늬가…

그리고
빨간 점도 몇 개
있고….

저게
뭔가요?
이제
그만 봐도
된다네.

역시
오삼관의 자질을
타고 난 것 같아.

채덕형
자네는 지난 생에서
재능을 한번 펼쳐보지도
못하고 아쉬운 생을
마감했지.

그런데 마침
이곳 사방팔방궁에는
새로운 오삼관이 필요한 시기이고
마침 그 자리에 딱 맞는
사람을 찾은 것 같아.

천상에 오삼관이 없으면
이승 사람들이 너무 심하게
고생을 하기 때문에 삼신께서
크게 상심하신다.

세상 만물은
모두 제자리가
있는 법.

자네 여기서
오삼관 일을 한번
해보지 않겠나.

- 다음 화에 계속....

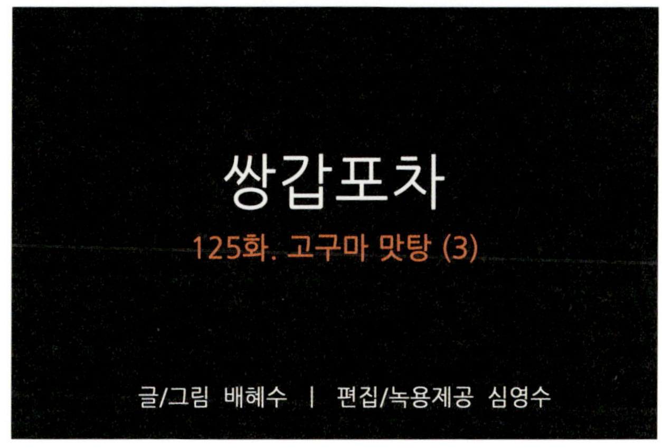
쌍갑포차
125화. 고구마 맛탕 (3)
글/그림 배혜수 | 편집/녹용제공 심영수

하기 싫으면
하지 않아도 된다.

제가
감히 그런 중한 일을
할 수 있을까요?
재능은 이미
차고 넘치니까.

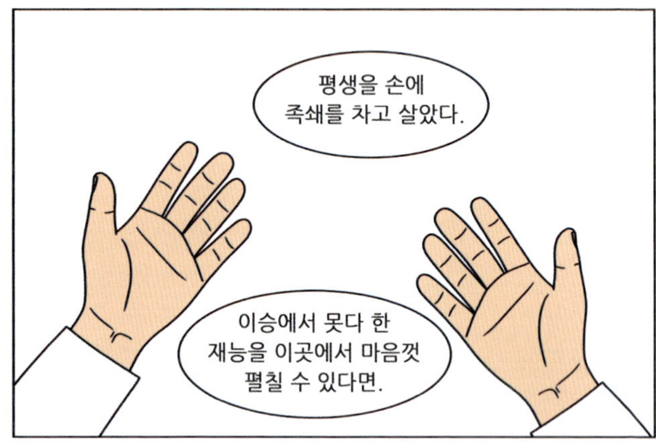
평생을 손에
족쇄를 차고 살았다.
이승에서 못다 한
재능을 이곳에서 마음껏
펼칠 수 있다면.

또 새 인생을
얻는 소중한 생명에
뜻깊은 일을 하는
것이라면....

제가 할게요.
한번 해보고
싶습니다.

그래, 고맙다.

이제 절차를 거쳐
이승에서의 기억은 지우고
새 육신을 얻어 머릿길을
보는 법을 자세히 배우면
곧장 오삼관 일을 할 수
있을 게다.

새 생명의 흉사를
들여다보고 치우는 일은
보람됨과 동시에 피로가
누적되는 힘든 일이야.
맡은바
열심히 일을 하다가
오랜 시간이 흘러,

100
밤낮으로 숨이 막히고
마음 둘 곳 없이 괴로움을
느끼게 되면 서슴없이 말을
하여라. 그때가 그만두는
때이니까. 알겠지?
덕형이는
100 사이즈가
맞을 거야.

네.
좋은 기회를 주셔서
감사합니다.
사방팔방 한복점

자네 있는가.
응?

삼신님,
오셨습니까.
뭘 하고
있나?

저기…
매일 하는 일이
손에 빗을 드는
것이다 보니,
수년 전부터
머리 다듬는 것에 마음이
깊게 깃들어 공부를
하고 있습니다.

본시 하늘에서나
이승에서나 사람 머리 모양새
다루는 것에 보통 기술이
필요한 게 아니다.
네, 삼신님.

오삼관!
네.

자네 후임을 구했네.

오랜 시간 자네가 수고를 많이 해줘서 뭐라 감사의 인사를 해야 할지 모르겠어.
아닙니다. 그간 뜻깊은 일을 할 수 있는 기회를 주셔서 제가 감사합니다.

이제
자유의 몸이 되었으니
뭐든 하고 싶은 것을 하며
지내도록 하게.
생각해 둔
것이라도 있나?

발이 닿는 대로
여행을 하며 필요한 사람들
머리를 다듬어 주는 미용사가
되고 싶습니다.

아이고,
참 귀한 일이다. 잘 생각했다.
사람은 대문 밖을 나갈 때,
항시 머리가 단정해야 좋은
기운이 잘 붙는다.
네.

참
잘 생각했네.

아무렴,
그래야지.

형, 정말
그 선녀님이 사흘 뒤에
천상에서 저승으로
온다고?

소란피우지
마라.
그러는
형 얼굴은 꽃밭이 되어
아주 난리인데?

그런데
둘이 어떻게 만나지?
저승으로 들어오는
길이 한두 개인가?

그냥...
대부분 천상인들이
생각하는 저승 입구는
염라대왕께서 드나드시는
북쪽 돌산길 하나이니
거기서 기다리면....
움마?
이 한가한 양반
보소!

그럼 형이
선녀님 발견하기 전까지
이 차사에게 물어보고
저 차사에게 물어보고,
천상과 달리
험하고 무서운 저승에서
얼마나 고생이야!

내가 그날은
다른 차사들에게 북쪽 돌산길은
이용하지 말라고 전하고
하루 내내 이곳저곳 다니면서
교통정리 해줄게.
만에 하나 선녀님이
다른 길에서 헤메고 있으면
내가 곧장 발견할 수도 있고.

그렇게 해 줄래?
아니 그럼,
그 귀찮은 일을
내가 아니면 누가
하겠어?

고맙다,
건우야.
아,
그리고 그날
이런 칙칙한 옷들은
제발 입지 마.

그게 뭐
어때서.
안 그래도
이성 앞에선 수줍음이
많아 말도 잘 못 하는 형이
옷까지 칙칙해서 되겠어?
그 옷이 어딨더라....
아, 여깄네!

짠!
이거 입고 가.
싫어.
그거 많이 이상해.
예전에 그거 입고
후회했다.

형!
패션의 시작은
분홍이야.
더구나 화려한
천상인들의 패션 기본
색깔이 분홍이라고.
일할 땐 검은 옷,
평소에는 흰옷,
언제까지 이렇게
살 거야!
아니, 말이
나왔으니 하는 말인데,
그때 강 아래서 헤어질 때도
이보시오! 내 이름은 건무요!
하고 소리를 쳤어야지.
이젠 차사들도
세련되게 다닐 필요가 있어.
날 봐! 얼마나 멋져!
그런 형은 무조건
옷으로 승부 거는 거야.

혹시 알아?
세련된 천상인이
거무죽죽한 옷 입은
형 실물 보고 실망해서
신발만 주고 냉큼
가버릴지?
그, 그럴까?

그래, 형!
나만 믿으라고.
이승에서 활동하는 나만큼
감각 있는 차사는
없다니까!
알았어.

잘 될 거야,
형!

야, 너한테
아주 좋은 소식이
있다.
뭔데.

내일 천상에서
선녀 한 명이 내려
오기 때문에,
차사들이
북쪽 돌산길을 하루
비워 낸다고 해.
그게 나하고
무슨 상관이야.

그 선녀가
바로 건우 형, 건무를
만나러 오는 것이지.
건무?

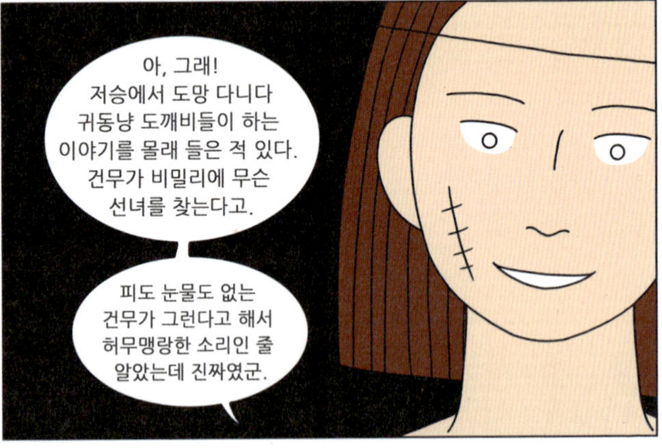
아, 그래!
저승에서 도망 다니다
귀동냥 도깨비들이 하는
이야기를 몰래 들은 적 있다.
건무가 비밀리에 무슨
선녀를 찾는다고.
피도 눈물도 없는
건무가 그런다고 해서
허무맹랑한 소리인 줄
알았는데 진짜였군.

쿡쿡쿡....
그럼 그 선녀는 건무
애태우는 정인?
쓱-
뻔하지!
쿡쿡쿡....

아주
좋은 기회다.
그래,
내가 그 녀석들을
직접 상대할 순 없지만,
세상 물정 어두운 순진한
천상인은 골탕 먹일
수 있지.

그런데 아무리
순진한 천상인이라 해도
우리같이 힘 약한 악귀들이
할 수 있는 장난질은
많지 않아.
어떻게
골탕 먹이지?
어떻게?

냄새가
없어지지 않는
더러운 지옥 흙을
뿌려버릴까?
깊은
구덩이를 파 놓고
빠뜨릴까?
끝이 없는
험한 동굴에서 헤매게
할까?
저승에서
길을 잃게 할까?

아니야....
그런 유치한 장난질은
복수가 아니야.
아주
사소한 거짓말로
오랫동안 괴롭게
해야지.

내가 지금껏
이 흉한 모습으로
고통받은 것처럼.

삐약이들이 네가
무슨 신발을 찾으러
간다고 하더구나.

그게 아니라
이곳을 나가게 되면 찾을
사람이 있습니다.
그렇구나.
네가 그간 참 고생했다.
제희가 만든 빗은 늘
최고, 최고였어.

그래,
늦기 전에 어서
가거라.
네, 삼신님.

서로 인연 맺기까지
서툴러서 그렇지,
건무하고 제희는
일찌감치 하늘이 맺어놓은
천생연분이지, 암.

자네, 미별왕을
어서 불러주게.
네, 삼신님.

그런데
이미 연인이 있지
않을까....

내 마음은
나를 기다리고 있는 것
같은데 혹시 마음만 앞서
실례를 범하는 것은
아닐지....

제발 내 마음
같기만 하면 얼마나
좋을까....

정말 건우
덕에 이쪽 저승길이
한산하구나.

형!
그런데 진짜
신발만 전해주러
오는 거 아닐까?

채덕형의
말을 되새겨보면
그건 아닌 것 같은데.
내 느낌도 그렇고.
내 착각인가....

그리고 형!
입은 말 하라고 있는 거야.
저번처럼 때 놓치지 말고
제때제때 할 말을
해야 해! 알겠지?
그래야지.
이번엔 꼭.

뭐야 저게!
크크크크! 왜 저렇게
추한 옷을 입고 있지?
크크크!
좋다,
저것도 이용하자.
그리고
저승에서 구하기도 힘든
귀한 꽃까지 들고 있는걸
보니 확실하군!

어서 가자!

야,
저 천상인인가
보다.

아무도 없을 때
어서 가봐.
이거, 이거
재밌겠는걸?

저기....
응?

혹시
차사를 찾으러 오시는
길입니까?
네. 혹시
저를 아시나요?

아뇨.
차사를 찾는 천상인이
있다는 소문이 있어 여쭈어
본 것입니다.
그걸 어떻게...
삐약이들한테만
이야기했는데....

천상과 달리
저승에서는 바람보다
빠른 것이 입소문이죠.
무엇보다 지금,
큭큭큭큭....

- 다음 화에 계속....

쌍갑포차 10

초판 1쇄 발행 2019년 10월 21일

초판 2쇄 발행 2020년 5월 27일

지은이 배혜수
펴낸이 심영수

펴낸곳 설림
출판등록 2017년 9월 1일 제 2017-000178호
주소 서울특별시 서초구 법원로3길 19 2층 (서초동,양지원) 2316호
메일 support@seolrim.com
홈페이지 www.seolrim.com

값13,000원 ISBN 979-11-90333-00-9 07810
ISBN 979-11-9620-495-2 (세트)